JN106993

俳句修業とパーキンソン病

星野博一

文芸社

【巻頭言】 俳句の歴史を学ぶ最良の入門書

全国パーキンソン病友の会会長　西﨑昭吉

私は、文学作品を読むことは大好きで、分野を問わず気に入った作家の作品をむさぼるように読みふけってきた。発端は中学一年のときに東京土産だと言って文学好きな兄が買ってきた『罪と罰』、もっと詳しく言えばラスコーリニコフという青年の心理描写に取りつかれたことによる。二十代はドストエフスキイとロシア文学に取りつかれた時代である。待てよ、この稿は星野さんの新著の推薦を書くのが目的だったのに、いつの間にか自分の来歴から始まろうとしているのだ。そこで話を元に戻すが、私の読書の対象は果てしなく広がり、そこには訳もわからずに読んだ山頭火や尾崎放哉、私と同郷の偉才、寺山修司も含まれていく。

さて、私の中で膨らんでいた短詩型文学への興味は残念ながらパーキンソン病罹患とともに萎んでいくことになったが、私が今暮らしている地では句作が盛んで結社の数も覚えきれないほどたくさんあって、私もとくに望んだわけではないが、ある俳句結社に参加することになる。星野さんの強調する「座の文芸」を私はいち早く体験し、その意味合いを感得していたのであった。六〜七人が参加し、それぞれの持ち点を気に入った句（短歌と川柳とあわせて九句〈首〉）に入れるのだが、一か月に一回の例会がおこなわれた。くわしい内容は忘れてしまったが、果たして「文芸」と呼べるような内容をともなっていたかどうか、怪しいところだが、明らかにその句会の場に潜み、皆を動かし、つかの間の「喜び」を与えていたのは座の文芸と呼べる文学的営為であったと思うのだ。

星野さんが私たち全国パーキンソン病友の会の会報に短詩型文学について随筆を連載し始めたのは会報編集部の要請によるものであったが、当時の編集長であった私は反対の声を強引に押し切る形で星野さんに懇請した。その後、病気と俳句について星野さんは、そこには並々ならぬ関係が存在することを解き明かしているが、人間が自分の内面に迫り、創作活動に入ろうとするときに発生するエネルギーは年齢とともに失われゆく免疫機能や成長ホルモンの役割を補完していく役割を果たしているのではないか。パーキンソン病という難病とともに生きてきた私には西洋医学の研究成果と治療法が科学という名に値するものかどうか根元的な疑問がある。むしろ東洋的なものや精神的な影響の大きさに対する関心のほうが大きいと言っても過言ではない。

私はこの本を一読して星野さんという俳句作家の生きてきた道が、戦後作家の多くがそうであったように、歴史と戦争に翻弄され、国家に裏切られ棄民を体験した分だけ、自分に対して誠実に生きてきた世代の人々なのだという感慨をもたざるを得ないのだ。

私は最近、パーキンソン病治療に関して「ストレスフリー療法」という西洋医学と東洋医学を先進的に合体させたような了徳寺健二氏の治療法を学んでいるが、どこに真実が潜んでいるのか、なにがそもそもの原因なのか、なにも解明されていないのが難病の実状である。そうである以上、「若返り革命」という了徳寺氏の理論にも多田富雄氏の免疫論にも同じように正面から向き合い、自らの身体で試し、真実を探求して行くほかないのだ。

星野さんの「俳句は座の文芸」という俳句論のなかに私は、俳句を文学として世間に認めさせようと努力してきた先駆者たちの苦労を垣間見る。そして結核療養所におけるガリ版のインクのにおいが香ってくるような気にさえさせられるのである。

いつの日か、全国パーキンソン病友の会の会報の「ひつじ雲」のコーナーが多くの投稿でにぎわうことを星野さんとともに夢見ている。そのためにも俳句の成り立ちを学ぶことは大切だ。この本は入門書として最良の書である。

はじめに

この小著は、一人の俳句愛好家としてパーキンソン病、その他、病気療養中、怪我で入院中の方々と、より良い生活ができるように一緒に考えるために書きました。

俳句と連句就中歌仙は「座の文芸」と言われます。

歌仙は数人が共同して作り上げる文芸であり、俳句は同人が一堂に会する句会を通じて相互に選句、忌憚のない批評を行い、時には「宴」へと続きます。

私は「座の文芸」について次の三つの切り口で解説していきます。

①俳句の歴史的流れを繙き、和歌、川柳との違いを解明し（第二幕　俳句の歴史）

②日本伝統文芸の「連句就中歌仙」を考察（第三幕　連句就中歌仙は日本の伝統文化）

③俳句の醍醐味である句会を語る（第四幕　句会は俳句の醍醐味）

この切り口から「座の文芸」の歌仙から発生した俳句において、その「座」の伝統を引き継いでいるのが句会であると言えます。

そのような観点から俳句、歌仙、句会などの俳句修業とパーキンソン病その他、病気療養について比較もしてみました。

病気療養中の皆様にとって、俳句は病を治す力もあります。

こうした相互親睦と扶助、そして冊子の発刊が病に打ち克つ心身を養う一助になっているのではないでしょうか。

先人諸士の体験を学び、より良い生活をしましょう。

無能無才の私がない知恵を振り絞り、病を顧慮（こりょ）しながら書き上げました。

あなたにとって、少しでも参考になれば望外の喜びです。

目次

第十幕　私の生き様　207

第十一幕　アイ・ハブ・ア・ドリーム　243

第十二幕　私の俳文集

《前口上》俳句と座の文芸

俳句は「座の文芸」です。座の文芸は日本が世界に誇れる日本の伝統文芸です。「座」については「俳句」の歴史的な流れを紐解き、「連句就中歌仙」を解明し、最後に「句会」に及びます。

◆座の文芸の流れ

奈良時代、四千五百首もの詩を編集し、最終的に大伴家持(おおとものやかもち)が編纂した『万葉集』は座の文芸の原点と考えられます。

平安時代に入ると歌合せの余興として「和歌の連歌」が始まりました。一人が五七五とし、他の人が七七と続けます。それを「短連歌」と言います。この短連歌に飽き足らない人々が五七、五七、五七……(三句以上)、最後に五七七という「長連歌」に発展しました。

室町時代に入ると宮廷の武士が領土に帰って家臣一同を集めて連歌をするようになりました。これが「俳諧」の連歌、すなわち「連句就中歌仙」です。

江戸時代以降は金子兜太氏に語ってもらいます。

俳諧の連歌をやる中から、連歌師の松尾芭蕉が登場しました。俳諧の連歌は、五七五に七七を付けて、それをたくさんくっ付けて一〇〇句ぐらいは普通、なかには一〇〇〇句ぐらい付け合うのもありました。

そこで芭蕉は「これではくたびれて、いいものができない。三六句組みの連歌が一番味わい深く文芸的な価値が高い」と決めたのです。それが「歌仙」（後に高浜虚子（たかはまきょし）が「連句」と呼び換え、今は「連句」と言います）であり、江戸期にはほとんど歌仙が中心となりました。

また、江戸初期頃から、連歌の初めの五七五（発句（ほっく））だけを作るということを別にやるようになりました。中世でもそういうことは少しありましたが、江戸期になってから顕著に見えてくるようになりました。

そして、歌仙をみんなで集まってやると同時に、発句だけをやる発句会というのができ、毎月やるようになったので「月並み句会」と呼んでいました。

明治になって、発句だけを独立して作るという習慣を見た正岡子規（まさおかしき）は、その発句を「俳句」と名付けて独立させました。そして、歌仙でそれにくっ付く七七以降について、「それはだめだ、そんなものは芸術ではない。最初の一句だけでいいのだ。これが文学だ」といって全部切り捨ててしまいました。ここで、俳句という今の五七五のかたちが認識されたわけです。

（『俳句のつくり方が面白いほどわかる本』より）

◆日本の文芸の伝統をふまえない俳句

話は変わりますが、長年俳句をやり、俳句の大家と言われた人が、「句会はどうやるのか」「句会をやったことがない」と公言する人がいます。また、「歌仙を知らない」「歌仙は俳句とは関係ないのでは」と言う俳句の大家もいます。

私はこのことに驚愕すると共に大きな危惧をいだきました。

このことに関して小林恭二著『俳句という愉しみ』の「御岳炉話」の項で、俳句の師系と座について次のように語っています。

俳句は師系を重視する文芸である。封建的と言えば封建的と言えるかもしれない。しかし、実際問題どのような俳人にも師系は存在する。なんとなれば、俳句は個人が独力で生む文芸というよりは、関係性から生まれる文芸だからである。

その点、俳句は野球にたとえられるかもしれない。ひとりで野球の練習をすることはできる。野球を学ぶこともできる。しかし、ひとりで野球をすることはできない。俳句もまた同じである。俳句の練習をすることも、学ぶこともひとりでできるが、ひとりで俳句を完成させることはできない。

俳句は、詠む人間と読む人間がいて初めて俳句たりうる。そうした場を共にするというところに師系の意味がある。

師系にはまた別の意味もある。

俳句が成立するためには、座といういわば横の関係だけでなく、時間という縦の関係もまた必要となってくるのである。

俳句という極小文芸がなぜ意味を持ちうるか。それは日本文芸の膨大な伝統をふまえているからである。もし日本の文芸の伝統をふまえずに俳句を作ろうとすれば、結局俳句は、ひとりよがりなものとならざるをえないだろう。そうした時間的なものの継承が日本においては、師系を通じてなされることが多かった。これが師系の第二の意味である。（傍点は筆者）

◆短歌（和歌）より見た歌仙

歌人の永田和宏氏は「歌仙という至福の時間」（『歌仙はすごい』）で次のように語っています。

> 歌仙の醍醐味を語るほどには私に経験が十分であるとも思えないが、この数年の歌仙に参加して、常に「座」というものの存在が意識にはあった。歌仙のおもしろさは、一つには共同で一つの物語を作っていくところにあるだろう。そして、もう一つは、自分の前の連衆が生み出した言葉に、どのように反応するかという、その反応の瞬発力にかかっているのかもしれない。
>
> 歌仙は、後戻りすることを禁じているが、一方である場にとどまることも嫌われる。情景と物語

はどんどん進んでいかなければならない。しかし、その物語の進行は、たとえば短歌で連作として一つの物語を作るときとは根本的に違っている。

歌にも連作として一つの物語が展開する場合もある。しかし歌では、一首一首が独立して、次の歌との淡い関係性のなかで場面が動くことが多い。歌仙では、完結させてしまっては駄目なので、ここにもっとも苦心をすることになる。われわれ歌人は、どうしても自分で一首を完結させようとする習慣を抜けだしにくい。しかし、歌仙では、次の人に言葉をそっと手渡すという感覚が大切。言葉を自分の内側に囲い込んでしまったり、逆に投げ出してしまっては連衆に迷惑をかけることになる。次の人が自分の言葉に反応して、ある意味、付けやすいように、その〈余地〉を残すことが大切なようである。

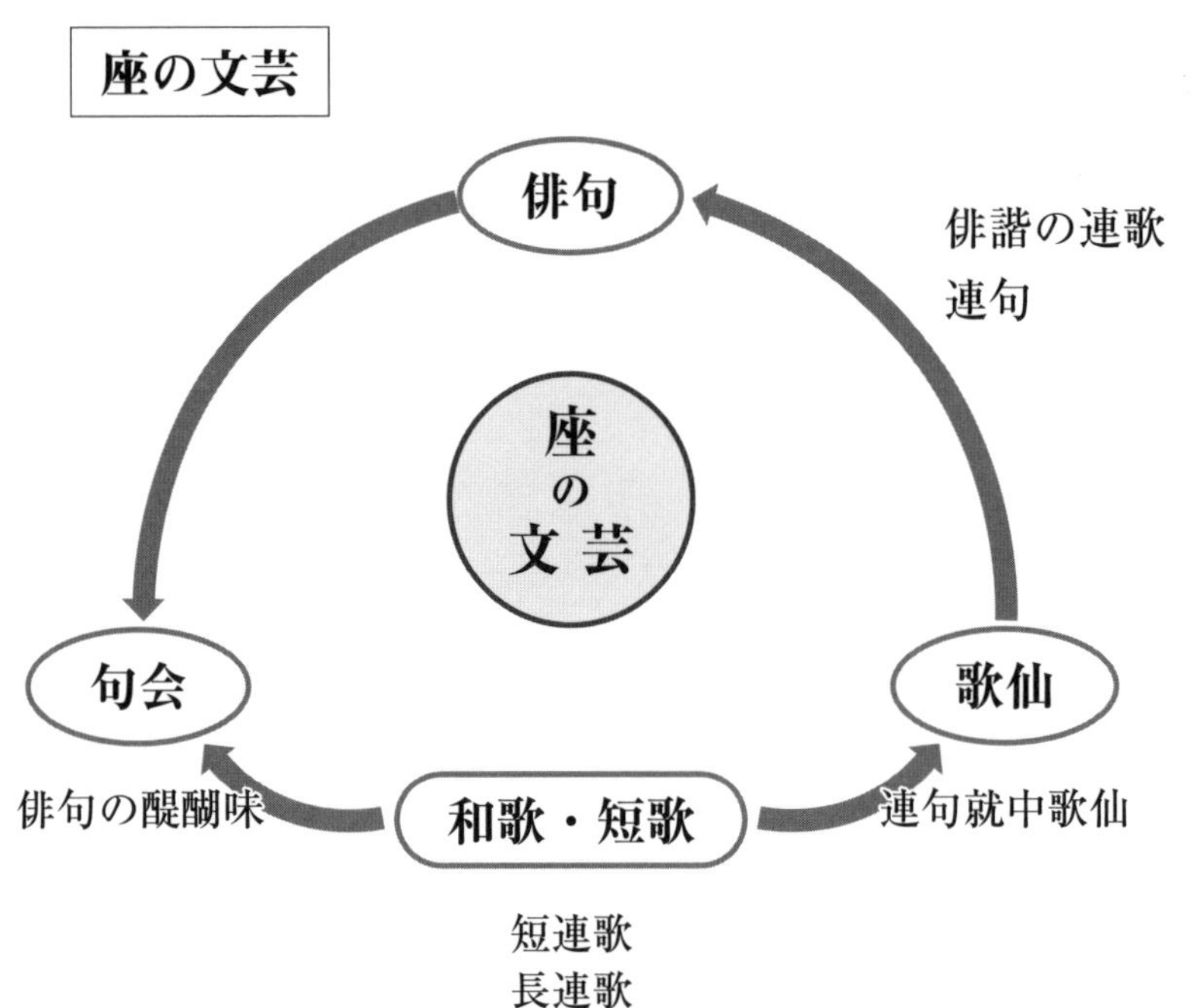
座の文芸
俳句
俳諧の連歌
連句
座
の
文芸
句会
歌仙
俳句の醍醐味
和歌・短歌
連句就中歌仙
短連歌
長連歌

第一幕

病気療養と俳句

パーキンソン病発症

本書は俳句の入門書でもなく、俳句の上達方法をお教えするものでもありません。

私と同じくパーキンソン病の方々、その他の病気療養中の方々、そして怪我により入院や療養中の方々と、文芸としての俳句の活動に参加することにより、より良い生活を送りませんか？　という提案です。

パーキンソン病と俳句というと、何の関係もないと思われるでしょうが、大いに関係ありです。

そのことについて話を進めます。

パーキンソン病の方々や怪我・病気により療養中の方々は、お互いに慰め合い、激励し合い、助け合って、心地よい生活を送っています。

私が本書を書きたいと思いついたのは、「全国パーキンソン病友の会」に参加したことに始まります。パーキンソン病友の会のキャッチフレーズ「ひとりで悩まないで！」に感じるものがありました。

入会して、定時総会、交流会、医療講演会、バス旅行会に参加しました。キャッチフレーズのとおり、一人で悩まず、同じ病を抱えた同志に相談することの大事さを認識しました。同じ病の同志と、病気についての意見交換をするのは有意義なことです。特にパーキンソン病は、その人その人により発症する症状が異なります。また、長くかかる病気で、一見何でもない状態の人もいれば、重症な方もいます。その方々が一堂に会して話し合えるのは貴重なことだと思います。

「人生百歳」を標榜している私は、百歳まで生きるつもりです。

令和二年（二〇二〇）十月で、八十一歳と四ヵ月になり、偶然ですが、当時の日本人男性の平均寿命八十一・四一歳と並びました。

令和三年（二〇二一）にはそれを更新し、男性の平均寿命は八十一・六四歳となり、スイスに次いで世界二番目の長寿国となっています。

そして、私はこの平均を上回りました。

現在の病状を冷静に考えると、百歳というのはまことに不可能なことです。しかし、なんとかしなければいけないとの不屈の闘志で突破しようと覚悟を決めています。

さて、まずは私のパーキンソン病について、時間を七十三歳の時にまで巻き戻して経緯を説明したいと思います。

平成二十四年（二〇一二）八月七日、自宅で転倒してアキレス腱を全断裂するという怪我を負いました。八月十三日に東京臨海病院にて手術。その後、佐藤整形外科医院にてリハビリ。その間、断裂した右足をかばって左に傾いて歩いていたため、以前から患っていた脊柱管狭窄症をさらに悪化させてしまいました。そのアキレス腱全断裂の医療リハビリは十一月で終了となりました（保険規定により）。

十二月から、セントラルスポーツのジムで、専属トレーナーの指導により体幹強化に励み、同時に同ジムに併設されている整骨院にリハビリ通院もしていました。

平成二十五年（二〇一三）一月から三月までは、ジムに行かずに整骨院だけで帰るか、ジムに入っても軽い運動とサウナ・水浴びだけで終わらせていました。

平成二十六年（二〇一四）十二月二十日に、都立豊多摩高校時代の友人でゴルフ仲間の御子柴君、木川君、芹澤君と私の四人で、「なだ万」で会食会の折、足が重く歩きが極端に遅くなって、駅から店へまでの道のりに相当時間がかかり、帰りも電車でしたが、疲労感は相当なものでした。

さらに、帰宅してから服を脱ごうとすると、いつもの二、三倍の時間がかかりました。特にボタンを外すのには、まるで手袋をしているような感覚で、普段の四、五倍はかかったのです。これは脊柱管狭窄症が少し悪化したのだろうと思い込み、そのまま過ごしましたが、その後、同じ症状がたびたび出るので、正月休み中に悪化したら……と不安になり、佐藤整形外科医院に行きました。

すると、院長から思ってもいなかったことを言われたのです。

「大至急、神経内科に行ってください」

早速、その足で東京臨海病院に行きました。

年末の最終診察日だったため、検査は年明けにすることになりましたが、問診から「パーキンソン病の可能性は九〇％」という宣告を受けたのです。

年明けの平成二十七年（二〇一五）一月四日から、セントラルスポーツの整骨院に、電気治療とマッサージに通いました。ジムにはほとんど入らず、整骨院だけで帰る日が多くなりました。しかも、今までは自宅から自転車で三分、徒歩なら七分ほどで行けたのが、三十分以上もかかるようになったのです。さらに、ノルディックストックを使用しないと歩けないという状態。また、ずっと歩き続けることも難しく、途中で座って休まないといけなくなりました。

手足の動きは悪く、靴紐は結わえることができず、スリッパも立ったままでは履けません。

精神状態も極度に悪くなって、眠れない夜が続きました。

そして、一月十九日に病院での検査結果が出て、やはりパーキンソン病と判定されたのです。

三月半ばからは、薬が効き始めたのか、状態は良くなっていきました。

四月二日、江戸川区医師会の神経難病相談会を受診。

五月十七日、杉並区の「パーキンソン病友の会」の講演会に参加。

九月六日、江戸川区の「パーキンソン病友の会」の講演会に参加。

平成二十八年（二〇一六）五月二十六日、東京臨海病院から順天堂医院に転院。実は私には前立腺がんも見つかっており、泌尿器科の私の主治医からの、「前立腺がんとパーキンソン病を治療するには、同じ病院にしたほうがいいのでは」という指摘によります（当初、前立腺がんは薬物療法で乗り切る予定だったので、薬のバッティングなどを避けるため）。

前立腺がんについては、平成二十八年四月二十五日に順天堂医院にて生検検査を受け、十八箇所から細胞を採取したうち、十六箇所からがん細胞が見つかりました。そして、進行が速いために手術を勧められ、「医療用のロボットアームで行うので、高齢者でも大丈夫」とのことなので、承諾してお願いしたのです。

平成二十九年（二〇一七）二月二十一日に、前立腺がん全摘出手術。

平成三十年（二〇一八）十二月一日には、指定難病の医療費受給者証を交付されました。

パーキンソン病を発症した当初の三ヵ月ほどは、歩行の困難（ノルディックストックを使って歩く速度が従来の半分）、行動の緩慢（靴下を履く遅さ。ボタンの着脱の遅さ）、便秘、発汗障害、睡眠障害、嗅覚障害、腰曲がり等がありました。しかしその後は、薬の効果が出たためか、普段の生活とあまり変わらず過ごせていました。

ところが、今回の新型コロナ禍が誘因となって、症状が一挙に悪化したのです。

第一は、コロナ禍によるスポーツジムの休業によって、運動不足となったことです。第二は、外出自粛要請によって外出をしなくなったことです。それまでは外出の機会が多く、数多くの会合へ参加することが私の生き甲斐だったので、精神的にも圧力がかかりました。

症状として、腰の痛みは以前の二倍以上。首周りの痛みは、強力なバイブレーターを押し当てられているような感じで、かつ脊椎が半端でなく痛いのです。自立歩行は不可能で、ノルディックスティック使用か、つかまり歩きをしなければなりませんでした。また、首周辺と、足の膝以下の部分の筋肉痛、嗅覚と味覚の障害、便秘、発汗障害、昼間の強力な眠気、転びやすい等がありました。

令和二年（二〇二〇）七月、順天堂医院の脳神経内科の主治医から、六月に検査した血流検査、その他のことから、パーキンソン病関連疾患の進行性核上性麻痺（ＰＳＰ）の可能性があると診断されました。もしそうだったら絶望的です。何しろこのＰＳＰは、原因もわからず治療法も皆無で、関連疾患であってもパーキンソン病の薬は効果なしとのことなのです。

疑いの理由は、まずは非常に転びやすいということです。私はこの頃、大きな転倒事故を四回も起こしていて、いずれも救急車で搬送されました。四回とも顔から転び、メガネは大破損して顔に傷を残し、手で受け身を取ろうとした形跡は皆無でした。小さな転倒も同じくらい起こしています。そして、垂直性核上性眼球運動障害、嚥下障害、姿勢保持障害等を考慮して、

PSPの疑いありということになったようです。

私は今までにない痛みと眠り込みにより、一人での外出は不可能になりました。あっという間の病状の悪化に、呆然とするしかありませんでした。

想像以上の体力、気力の落ち込み、そして将来への不安も急激に膨らんできたため、七月二十二日に要介護認定を申請し、八月二十四日に「要介護1」に認定されました。ということは、私も含めて家族の者たちの想像以上に、私の病は進行していると考えなければならないということです。


私には後悔していることがあります。それは平成二十七年（二〇一五）五月と九月の出来事です。

前述しましたが、この年の五月、豊多摩高校時代の親友芹澤君から、杉並区の「パーキンソン病友の会」の講演会への参加を勧められて参加しました。そこで、九月には私の地元である江戸川区の「パーキンソン病友の会」の講演会が開催されることを知り、私は早速、参加の申し込みをしました。

九月六日、江戸川区民センターのグリーンパレスで開催されたその会は、順天堂大学医学部附属順天堂医院の服部信孝教授の講演をメインに、「全国パーキンソン病友の会」の中村会長の話、江戸川区の「パーキンソン病友の会」の大原事務局長の講演等、有意義な会でした。

しかし、私はパーキンソン病に関する書籍はすでに何冊も買って読んでいたし、インターネットでもいろいろ調べたので、「入会の必要はない。入るとしても、もう少しあとで」と考えていたのです。けれど、この時に熟慮していてすぐに入会していれば……と、今になって後悔しています。

それでも平成二十七年五月の講演会の、「ひとりで悩まないで！」のキャッチフレーズがふと頭をよぎったのです。そしてその時、偶然にも、江戸川区の「パーキンソン病友の会」の講演会に参加した時にいただいた資料が、大事にしまわれていたのを発見しました。

早速、その資料をくださった会長の大原さんに電話をすると、事務局長の夫人が出られ、大原会長は亡くなられており、夫人は現在も会員を続けているとのこと。

「現在の会長を紹介します。新会長はあなたと同じ町内ですから、お知り合いかもしれません」

連絡先をうかがい、新会長の関口さん夫妻に連絡をしました。ご両人と私の家はごく近くで、大原さんのおっしゃるとおり、古くからの知り合いでした。ご挨拶をして、江戸川区の「パーキンソン病友の会」に入会。

パーキンソン病友の会会報内の文芸コーナー「ひつじ雲」と俳句

令和二年（二〇二〇）九月十九日（土）、「全国パーキンソン病友の会」の編集部の会合「ひつじ雲、企画打ち合わせ」に出席しました。出席者は、副会長で編集委員の岩井さん、編集委員の清水さんと松井さん、そして私です。

友の会の会報に、文芸部門で新しいコーナー「ひつじ雲」を発足するので、「ひつじ雲」の俳句責任者を要請され、私はその場で承諾しました。そして、「ひつじ雲」発案者の清水編集委員より、会報一六二号に何か書くように依頼されました。内容は何でも良いとのこと。

早速、私の俳句人生と、私が参加している俳句集団「百千鳥」の活動を書き、本題の「ひつじ雲句会」を提案しました。

最初は、普通の句会形式。続いて、ホームページを使った句会。次にテレワーク方式。そして、インターネットを使った句会。現状はＺｏｏｍ句会です。

さらに、同年十月五日、「会報一六二号の編集会議」に参加。

平峯寿夫会長、西﨑昭吉副会長兼編集長、藍澤正道事務局長と、Ｚｏｏｍで面談しました。その他、会議に参加したのは、岩井副会長・編集委員、清水・松井編集委員と私で、合計七名。議題は一六二号の編集の最終確認。

そして、文芸コーナー「ひつじ雲」の方向性について議論。また、私の「ひつじ雲句会」に対する希望を述べ、具体的方法についても議論しました。

西﨑編集長より、「ひつじ雲句会」のパソコンのＺｏｏｍ使用による句会については、強力な反対意見があり、私は反論しました。最初は句会そのものにも難色を示していた西﨑編集長でしたが、結果は「ひつじ雲句会」の成立に対して積極的に本部認可に動いてくださることになりました。

藍澤事務局長にも数々の助言をいただきました。

しかし、三役会議の結果、有志メンバーだけが参加する句会は、本部組織とは別に、たとえば同好会のような形式にした方がいいとの結論。けれど、俳句の発表の場として誌面を使うのは可、ということになりました。

でもその後、私が体調不良に陥り、現在までここで話はストップしています。

同年十月十九日、西﨑編集長より、会報一六三号に俳句随筆三、四ページを五、六回にわたり書くように依頼されました。

内容は、俳句、川柳、短歌の違いと季語についてとのことで、早速、執筆に取りかかりました。

それが、「全国パーキンソン病友の会」の会報、第一回俳句随筆「俳句、川柳、短歌の違い」会報No.163（2021.1）と、第二回俳句随筆「歌仙の私的考察と五・七・五の流れ」会報No.164（2021.4）に連載されました。

いまだに原因、根本治療法のわからないパーキンソン病。病状はやや緩慢ではあっても、確実に進行するパーキンソン病……。患者本人にとっては耐えがたきストレスとなります。ひとたびパーキンソン病と診断されれば、否応なく病との長い付き合いが始まるのです。

症状の進行と共に身体操作の不自由さを感じ、気持ちは落ち込み、そのために人付き合いも減り、精神に変調をきたす人もいます。

そうした状況だからこそ、「ひとりで悩まないで！」です。

しかし私はその一方で、難病パーキンソン病になったことをあえて逆手に取り、この疾病を抱えた自分を見詰め直したいと思いつきました。

そして、私の経験談をお話しすることにより、パーキンソン病やその他病気の方たちの中で、俳句を学んでいる人はもちろん、本書を読んでくださったことにより俳句に興味を持って、「俳句を学びたい」と思われた人の指針になればと筆を執りました。

私の失敗談を皆さんの糧として、診断を受けて以来きっと忘れていた〝憧れの生活スタイル〟を見つけてください。

パーキンソン病と俳句、一見何のかかわりもなさそうな両者に共通な事実は、「ひとりで悩まないで！」のキャッチフレーズです。どういうことかと言いますと、病気、特に指定難病になった時は、主治医や書籍を頼りに一人で乗り切るには限界があります。そこで、同じ病の人たちと話をすることが大事になってくるのです。

パーキンソン病の症状は、多岐にわたっています。まずは、四大症状と言われている振戦（ふるえ）、固縮（筋肉のこわばり）、寡動・無動（動きにくい）、姿勢反射障害（転びやすい）があげられます。その他、姿勢障害として、首下がり・前かがみ・腰曲がり・すくみ足があります。運動症状は手指の変形で、以上を連動運動症状（体の動きに関する症状）と呼びます。対して非連動運動症状としては、自律神経症状の便秘、発汗障害。精神症状としての睡眠障害、強いこだわり。また、薬服用に伴う幻覚（幻視・幻聴）、ジスキネジア（自分の意思とは関係なく体が動いてしまう）。嚥下障害、嗅覚障害、味覚障害などがあります。

現在の私のパーキンソン病の症状は、以下のとおりです。

首下がり、前かがみ、腰曲がり、肩痛、手足のしびれ、歩く速度が遅い、ふらつき、転びやすい、文字を書くのが困難、口が大きく開けない。そして、頻尿、低血圧（従来一三〇～一四〇だったのが一〇〇前後になることが多くなった）、日中の強い眠気、発汗障害、嗅覚の障害。

私が発症した当時は、同じパーキンソン病で、杉並区立宮前中学の同級生であり、同期会幹事を私と共にやっていた宮澤君は、幹事会に夫人の付き添いなしでは参加できないほどになっていました。そして、二年後に逝去。また、豊多摩高校の同期の関口君は、車いすを通り越して寝たきり状態となっており、彼も二年後に逝去しました。南無阿弥陀仏……。

この病は薬の服用が最重要事項です。ところが、長年患っていると体の調子が良くなる時期があり、浮かれ気分で薬を飲み忘れたりすると、痛い目にあうのです。私は薬の飲み忘れによって突然、前後不覚に陥り、地獄を見ました。「パーキンソン病友の会」のお仲間ができて、その話をしたら、薬の飲み忘れによって同じく痛い目にあった人が多いことに驚きました。

パーキンソン病であるという診断を受ければ、否も応もなく疾病との長い付き合いが始まります。私はパーキンソン病との付き合いを通じて、人生の最も大事なことが見えてきました。それは、人とのつながりの大切さです。相手を理解して、感謝の気持ちを持つことが大事です。それによって皆さんからの協力が得られるのだと思います。

病気療養中の方への俳句の効果

ＴＢＳ系のテレビ番組、毎週木曜日夜に放送されている「プレバト!!」で大ブレークしている俳人の夏井いつき女史は、著書『夏井いつきの超カンタン！　俳句塾』で、脳科学者の茂木健一郎氏と対談しています。

茂木　俳句にしても、作品というのは自分の分身なので、それを他人に褒められるのならまだしも、批判されるのはつらいことです。だけどそれをやらないと自分を磨くことはできないわけです。脳の仕組みでいうと、自分と他人を鏡でうつし合う、前頭葉にあるミラーニューロンというネットワークが大事だということです。

夏井　自分を他人の鏡にうつすといえば、句会というのは常にそれをする場ですよね。作者の名前も伏せて選び合うわけですから。

夏井　俳句をはじめて四、五年たったころ、仲間で雪月花をテーマにそれぞれ百句ずつ作ってみようということになりました。（中略）そのときに「夜なのに空って青いんだ」と、当たり前のことにはっと気づいて、その気づき、発見が面白いと思ったのです。

茂木　脳内の中脳からドーパミンという物質が前頭葉のいろいろなところに放出されるのですが（中略）夏井先生が、月を詠もうとされていたときに背景の空が夜でも青い、ということに気づかれた。そのことが、いままでに知っていたこと思っていたことと、実際に体験したこととの差にほかならないのです。

また、茂木氏はこんなことも言っておられます。

僕も句会には二度ほど出席したことがあるのですが、主宰の方も含めて全員匿名で句を発表し、審査をするという仕組みには驚きました。究極の民主主義であると（笑）。

パーキンソン病の方々、病気療養中の方々には、ミラーニューロンの理解、ドーパミンの放出は大事なことです。ミラーニューロンというのは、人が何か行動するのを見た時に、まるで自分がその行動をしているかのように活動する脳細胞のことです。ドーパミンというのは、「やる気ホルモン」などと言われている、楽しさや幸福感などを生み出す神経伝達物質のことです。

では、俳句には、病気療養中の方々に思わぬ良い効果があるということをお話ししていきましょう。

俳句会の巨匠、金子兜太（とうた）氏の著書『金子兜太の俳句の作り方が面白いほどわかる本』を読んで、私は以下のように自己流に解釈しました。そのため、先生の意向とは異なっているかもしれません。しかし、病を抱えた人にとっては希望になるのではと思い、あえて記載させていただきます。

①俳句が面白いのは、日本人の体に七五調・五七調が染みついているから
このリズムがあることにより、病気のストレス発散になります。

②短いからすぐ書ける
短いから、毎日の暮らしの中で気がついたことや感じたことを書けます。この「書くこと」により、気分が晴れ晴れとしてきます。

③表現することで、大きな解放感が味わえる
俳句を始めると、次第に日常のことが何でもパッパッと表現できるようになってきます。バラが咲いていて「美しい」と感じた時に、それを俳句にして書き留めれば、表現することで気持ちが外へ解放されます。

④この解放感が、病気療養中の方々には何よりも必要
俳句という短い詩で、感覚でつかんだものをパッパッと表現すれば、ストレスも飛んでいって心が軽くなります。

⑤二人心（ふたりごころ）（お互いに仲良くしたいという気持ち）を分かち合い仲間と楽しむ
俳句は一人でも作ることができますが、二人以上で楽しむこともできます。例えば、一緒に旅をしながら句を作って、お互いに批評し合ったり、仲間が集まって一つの題を中心に

句を披露し合う「句会」を開いたりするなど、いろいろな方法で楽しめます。

⑥自分の思いを印象深く伝えられる

俳句に慣れ親しみ、技術が身についてくると、難しいことも伝えられるようになっていきます。

⑦俳句は健康の源になる

「今は亡き私の妻も俳句を長年やってきました。近年、俳句をやめてしまったが、主治医がいい先生で、感銘を受け、それがきっかけでまた俳句をつくるようになりました。すると、どんどん気力がでてきて血色が良くなり、病状が回復にむかったのです」（金子兜太氏）

以上が、金子兜太先生の著書から私が読み取った、病気療養中の方々に対する俳句の効果です。

また、私がパーキンソン病で苦しみ始めた頃、大腸がんから生還した俳人である石寒太（いしかんた）氏の「俳句とは究極のところ生と死を詠むことにほかならない」との言葉に接しました。氏は、「生還できたのは、俳句を作っていたことが大きかったとおもいます。家族もですが、俳句の仲間たちが皆、自分のことのように励まし支えてくれたのです。」とも書いています。私もまったく同じ思いです。

さらに、医者であり俳人である、元岐阜大学医学部教授の清水貴久彦氏は（「鼎座」同人）、歴代の俳人の病気とその周辺をそっと語ってくれる有意義な名著『病窓歳時記　――俳句にみる病気とその周辺』にて、「医学書一冊に相当する一句もある」と言い放っています。清水先生は、大学での講義時間の最後の数分を使い「おまけコーナー」と称して、病気の出てくる俳句を紹介していたといいます。

また、戦前の結核療養所で、石田波郷の俳句を入院仲間と読み合うことで病気に打ち克った例として、私の所属している「白」俳句会の創立者の有冨光英は次のように語っています（『草田男・波郷・楸邨　――人間探求派』のあとがきより）。

四十数年前、正確に言うと昭和二十四年十月一日、前途暗澹たる思いで国立習志野病院に入院した。満二十四歳になる直前だった。その年の春、突然喀血した。左肺に空洞があり、右肺も冒され、最後の手段として胸郭成形術しかあるまいという診断により入院したのだった。いまふり返ってみてもよく生命を存えたと思うのだが、手術後の或る日、患者の一人が波郷の作品集『胸形変』をガリ版で写し、俳句の好きな連中に配ってくれた。むさぼるように読んだ。一句一句を頭に叩きこむようにして覚えた。そこには人間が息づいていた。私と同じ病気で苦しむ生の人間がいた。これによって私は勇気を与えられ、病気に克つことができたと今でも思っている。

俳句をはじめて間もない頃であり、〃人間探求派〃を知ったのも、草田男、波郷、楸邨が人間探求派作家として独自の作風を打ち立て、活発な作品活動を展開していることを知ったのも入院中だった。左肋骨を六本切除した私はまる二年間の治療を終えて退院した。

これら諸氏の話により、あなたも病に打ち克つことができると私は信じます。
病に対して俳句の力は偉大。

戦前の結核療養所と俳句

病気療養と俳句について語る時、避けて通れないのが、病気療養中の短詩形式文学の発祥である、戦前の東京の清瀬を中心とした全国の結核療養所・サナトリウムにおける俳句会ではないでしょうか。

患者一人一人が、ガリ版印刷をして、俳句の好きな患者に配っていました。清瀬の療養所の石田波郷の句集『胸形変』、のちの句集『惜命』に包摂されています。

今は令和の新型コロナ禍となり、昔ほど大掛かりの結核療養所、俳句会ではありませんが、現在の俳句の盛り上がりにより、療養中、入院中の方々で俳句会的なものが発生するのではないかと思っています。現在は、戦前のガリ版印刷ではなく、インターネット俳句の時代です。

①メールを使って句会をする
②ホームページを使って句会をする
③テレワーク会議方式、特にＺｏｏｍを使用しての句会

Ｚｏｏｍ俳句会が実現すれば、リアルタイムで句会を全国的に、会員たちの好きな時間帯に楽しむことができます。

《口上》五七五・五七五七七の流れ

五七五調、五七五七七の調べとして、俳句、歌仙の他、川柳、短歌も加えました。

左の図を参照してください。

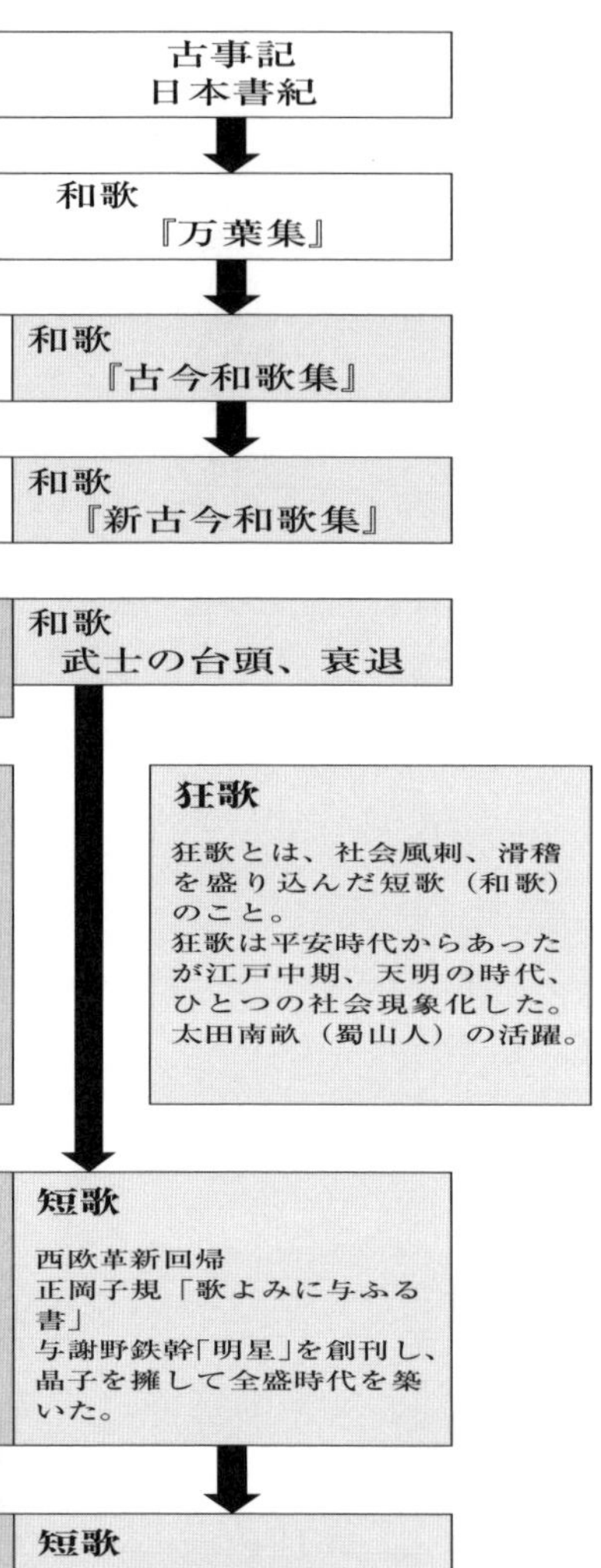

古事記
日本書紀
和歌
『万葉集』
和歌
『古今和歌集』
和歌
『新古今和歌集』
和歌
武士の台頭、衰退
狂歌
狂歌とは、社会風刺、滑稽を盛り込んだ短歌（和歌）のこと。
狂歌は平安時代からあったが江戸中期、天明の時代、ひとつの社会現象化した。
太田南畝（蜀山人）の活躍。
短歌
西欧革新回帰
正岡子規「歌よみに与ふる書」
与謝野鉄幹「明星」を創刊し、晶子を擁して全盛時代を築いた。
短歌
俵万智『サラダ記念日』により、短歌の大衆化。
萩原慎一郎『歌集 滑走路』が大ベストセラー、映画化される。

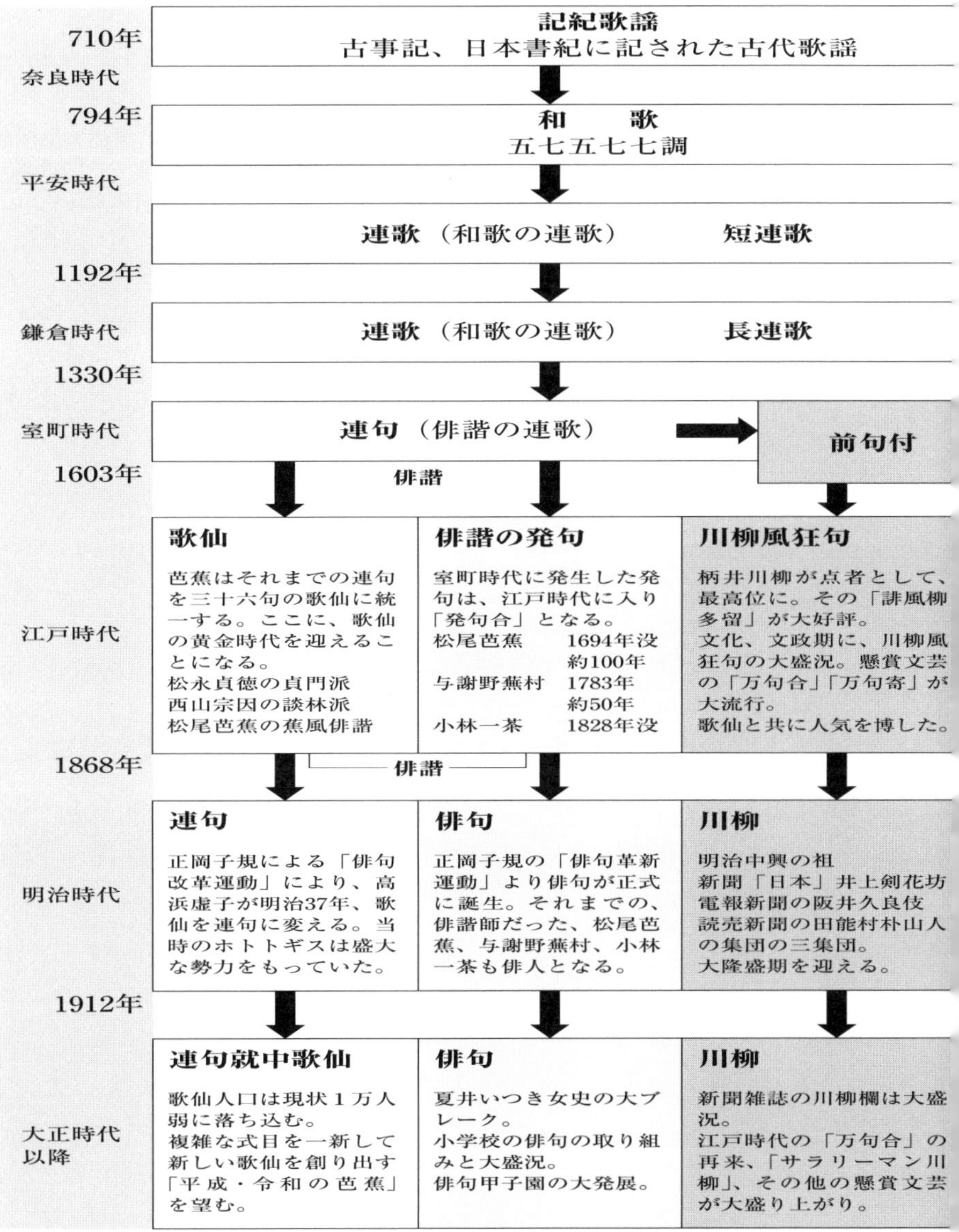

座の文芸の流れ
710年
奈良時代
記紀歌謡
古事記、日本書紀に記された古代歌謡
794年
平安時代
和　歌
五七五七七調
連歌（和歌の連歌）　短連歌
1192年
鎌倉時代
連歌（和歌の連歌）　長連歌
1330年
室町時代
連句（俳諧の連歌）
前句付
1603年
俳諧
江戸時代
歌仙
芭蕉はそれまでの連句を三十六句の歌仙に統一する。ここに、歌仙の黄金時代を迎えることになる。
松永貞徳の貞門派
西山宗因の談林派
松尾芭蕉の蕉風俳諧
俳諧の発句
室町時代に発生した発句は、江戸時代に入り「発句合」となる。
松尾芭蕉　1694年没
約100年
与謝野蕪村　1783年
約50年
小林一茶　1828年没
川柳風狂句
柄井川柳が点者として、最高位に。その「誹風柳多留」が大好評。
文化、文政期に、川柳風狂句の大盛況。懸賞文芸の「万句合」「万句寄」が大流行。
歌仙と共に人気を博した。
1868年
俳諧
明治時代
連句
正岡子規による「俳句改革運動」により、高浜虚子が明治37年、歌仙を連句に変える。当時のホトトギスは盛大な勢力をもっていた。
俳句
正岡子規の「俳句革新運動」より俳句が正式に誕生。それまでの、俳諧師だった、松尾芭蕉、与謝野蕪村、小林一茶も俳人となる。
川柳
明治中興の祖
新聞「日本」井上剣花坊
電報新聞の阪井久良伎
読売新聞の田能村朴山人
の集団の三集団。
大隆盛期を迎える。
1912年
大正時代以降
連句就中歌仙
歌仙人口は現状１万人弱に落ち込む。
複雑な式目を一新して新しい歌仙を創り出す「平成・令和の芭蕉」を望む。
俳句
夏井いつき女史の大ブレーク。
小学校の俳句の取り組みと大盛況。
俳句甲子園の大発展。
川柳
新聞雑誌の川柳欄は大盛況。
江戸時代の「万句合」の再来、「サラリーマン川柳」、その他の懸賞文芸が大盛り上がり。

第二幕

俳句の歴史

連歌から俳句への流れ

発売されている俳句の入門書のほとんどは、現在行われている「句会」のやり方の説明はありますが、句会がそういう形になった経過・経緯については記述されていません。また、俳句を学んでいる方々も、「それが俳句の伝統だから」と、何ら疑問をお持ちでありません。しかし、歴史的なことを知るのも重要だと私は考えます。

そこで、俳句の作り方や上達法については別の機会に譲り、ここでは俳句の歴史についてお話ししたいと思います。

日本の詩歌の元は記紀歌謡になります。すなわち、『古事記』と『日本書紀』に記された歌謡です。

記紀歌謡はすべて、五七調、七五調です。日本語は等時的拍音という、一定の間隔のリズムを持つ言葉であり、かつ英語のように強弱がなくて平坦です。そのため、言葉をかたまりとして使うとよく伝わります。その中でも五七の奇数音が効果的でした。

奈良時代後期には『万葉集』が世に出て、「和歌」が完成しました。『万葉集』の詩は全部、五七五七七であり、ここに短歌形式が確立しました。

平安時代になると、多くの人が和歌を理解して、和歌をたしなみ、全国に広まっていきました。

平安時代には、天皇の御前で「歌合わせ」をやっていました。天皇の前で二人が和歌を競い合うものです。ここから余技的なものとして「連歌」を行うようになります。

連歌は、最初の一人が五七五を詠み、次の一人が七七を詠み、二人で和歌を作る（短連歌）というものです。しかし、時代が平安後期になると、短連歌では物足りなくなったのか、数人が集まって五七五、七七に、さらに誰かがそれにまた五七五を付け、その次の人が七七を付け……というふうに人数が多くなり、三人から二十人くらいで、百句、千句まで詠むようになりました。これが長連歌です。ただ、この頃はもっぱら皇室で行われていて、内容は優美で上品なものでした。

和歌の連歌の最盛期は室町時代の連歌師、宗祇（そうぎ）が活躍していた頃で、宗祇らの編による連歌集『新撰菟玖波集（しんせんつくばしゅう）』が有名です。

その後、連歌は皇室の武士から地方に広がり、戦国時代の連歌師、荒木田守武らにより庶民の世界にも広がっていきました。庶民たちには、連歌を作ることによって、金子兜太氏の唱える「二人心」がありました。

皇室の武士が領地に帰り、家臣一同を集めて連歌を始めたのが、「俳諧の連歌」です。俳諧の連歌とは、〝高尚〟な連歌に対して、〝滑稽〟を旨としたものです。その結果、武士や庶民を問わず、江戸時代にかけて大いに盛り上がりました。俳諧の連歌とは江戸時代に栄えた日本文学の形式であり、本来、歌仙を指します。

歌仙は複数の者で詠み、前句に後句を付け合いし続ける文芸ですから、その句は独立性があり、かつお互いに調和することが大事です。「座の文芸」と言われる所以です。

余談ですが、「付き合いが悪い」という言葉は、歌仙がもっぱら付き合いになり、酒を飲みながら作っており、そのことによって、歌仙と酒は縁の切れない関係になり、そして、それをやらないと「付き合いが悪い」ということになりました。

さて、この俳諧の連歌は、百句ぐらい続くのが普通で、中には千句ぐらい付け合うのもありました。しかし松尾芭蕉は、文芸的価値を高めるために、『三十六歌仙』にちなんで三十六句で完結させる形式を勧め、これを「歌仙」と称しました。

「歌仙」という言葉がこのまま続くはずでしたが、明治から昭和にかけて活躍した俳人、高浜虚子が、それを「連句」と呼び変え、現在は「連句」と言います。

松尾芭蕉により江戸時代に大きく花ひらいた歌仙は、明治時代に入ると衰退を始め、正岡子規による「歌仙の撲滅運動」により決定的な打撃を受けて急速に消えていきました。子規の歌仙撲滅の根拠は、「集団の芸は芸術に非ず」という西洋思想に基づくものでした。

子規には歌仙の、「数人がかりで作る」ということと、「即興的に続けていく」という遊戯性が認められませんでした。そして、歌仙の一句目の五七五を独立させて、「俳句」と呼んだのです。この「俳句」という言葉は「俳諧の発句」の前と後ろを取って命名されたと言われています。そして、新聞「日本」にて「俳句革新運動」を展開し、俳句欄を設けました。

この流れを見ると、「俳句の祖」は正岡子規ということになります。しかし、一般的には発句は俳句の原点であるので、発句も俳句と同じものとし、松尾芭蕉を「俳句の祖」としています。松尾芭蕉、与謝野蕪村、小林一茶、正岡子規という稀代の有能者を通じて、現代の俳句が存在しているということです。

その子規も、晩年には歌仙を数多く残しています。しかし、次の代の高浜虚子が、歌仙を連句という以前の呼び名に戻しました。このことから、当時「ホトトギス」派が盛大な勢力を持っていたことがわかります。

「発句」とは、歌仙の第一列の句であり、次に句を付けられる側の句です。その成り立ちから、俳句はすべてを言い尽くさない、答えを出さないという性質になります。そして、川柳の詳しいことは次の項にて述べますが、川柳の元は、第三句以下の付句（つけく）、つまり句を付ける側の句であるということが俳句と違います。そうした成り立ちから、川柳はものをすべて言い尽くす、答えを出すという性質になります。

また、発句は「あいさつ句」とも呼ばれ、場所や季節を盛り込みましたので、俳句には季語が必要でした。第三句の付句は季語がなくても良かったので、川柳には季語がないのです。

結論として、俳句は全部を語らず、余裕を持ち、読者に解釈の余地を残すものです。それは、発句のあとに付句をするので、発句では答えを出してはいけないからです。

川柳は俳句の兄弟

次は川柳について述べさせていただきますが、まずは四二頁の図表を再度ご覧ください。歌仙が連句から分かれた頃、同じ連歌から発生した「前句付（まえくづけ）」というジャンルがあります。前句付は、連句時代の付句の練習の意味で行われていたものが独立して、滑稽、機知的な人事人情を求める民衆文芸として、元禄時代に大流行しました。七七の短句に、五七五の長句を付け合うのが前句付です（その逆もあり）。

例えば、「切りたくもあり切りたくもなし」という七七の句の短句を前句として、「泥棒をとらえてみれば我が子なり」という五七五の長句を付句とします。両者の間に働くウィットやユーモアを競い合うものです。

もう一つ例をあげておきます（二句は『誹風柳多留（はいふうやなぎだる）』より）。

前句　あわれなりけりあわれなりけり

付句　病み上がりいただく事がくせになり

江戸時代の元禄期、前句付から派生した懸賞文芸がありました。「万句寄」「万句合」といって、点者（宗匠）の出題に対して、会所（仲介者）が広く句を募り、各地の取次所を通じて集められた投句の中から、点者が優秀作品を選び、入選句を刷り物にして賞品と共に投句者に配るという興行形態です。初期には俳諧師が点者として活躍しました。

その点者の中では当時、柄井川柳という人が超一流でした。この人物は、現在の台東区蔵前の名主だった柄井八右衛門が、俳諧の宗匠となって号を川柳と称していたものです。点者としての川柳は取次所を江戸に限定し、都会的俳諧的な句を優先的に採用し、それによって前句付専門の点者として頂点に立ちました。そこから「川柳」という大衆文芸が確立したのです。

柄井川柳の名前をより高めたのは、前句を取り除き、付句のみを掲載した当時の画期的な本『誹風柳多留』です。この時期、川柳は「川柳風狂句」と呼ばれていました。柄井川柳は、この独立詠としての川柳の点者として第一人者の地位を三十三年間守り、その後、川柳の宗家として、浮き沈みはありましたが、現在十六代まで続いています。川柳が生涯に採用した句は数十万に及び、現在われわれが馴染みの句を多数『誹風柳多留』に残しました。しかし、柄井川柳の作品としては生涯たった発句三句しかなく、自分の作品を持たない特異の人物です。

川柳の二世は、初代の長男です。父の跡を継ぎましたが、名句はありません。三世はその弟で、大酒飲みのために追放されてしまいました。ここで柄井家の血筋は途絶え、その後は門人たちによって現代に及んでいます。初代から十四世まですべて、『俳句人名辞典』に掲載されています。現十六世は尾藤川柳で櫻木庵。発祥以来二百六十年の川柳文化を継承しています。

川柳風狂句（川柳）には、個人の名前が文芸の名前となっている特異さがあります。日本の文芸を名乗るものの中で、個人名が継承されているのは川柳だけです。明治時代にそのことに対して異議が唱えられ、それと並行して近代化運動により「改称しよう」との試みが繰り返されました。新風俗詩、新柳句、単詩、寸句、草詩、柳詩、俳詩、風詩、第三短句など、さまざまな新称が提案されましたが、結局はいずれも普及せず、皆さんご存じのように現在も「川柳」です。

　柄井川柳時代に大繁栄した川柳風狂句も、時代が下るにしたがって、文芸的にはあまり見るべきものを持たない、単なる言葉遊びに陥るようになってしまいました。しかし、明治二十年頃には、歴史的に「明治の中興」と言われる「新川柳」の時代になります。その後は三派鼎立となり、一つめは、新聞「日本」の選者、井上剣花坊（けんかぼう）とその投句集団。二つめは、電報新聞の阪井久良伎（くらき）とその一門。三つめが、読売新聞の田能村朴山人（たのむらぼくさんじん）から受け継いだ窪田而笑子（じしょうし）の手で育成された投稿者の一群です。この三つの大きな流れが全国の川柳会を三分して、大隆盛期を迎えました。

　さらに昭和期には全国に新旧結社が発足し、句風や句体も多様化。また特に女性作家のいちじるしい進出もあり、新聞や雑誌の川柳欄も花盛り。それにもまして、江戸時代に大流行した「万句寄」「万句合」という懸賞文芸の再来と思える「サラリーマン川柳」をはじめ、以下の各社の懸賞応募で大盛況。まさに百花繚乱の時代になりました。

「サラリーマン川柳」第一生命
「働くパパママ川柳」オリックス
「シティOL川柳大賞」サンケイリビング新聞社
「ようちえん川柳大賞」サンケイリビング新聞社
「トイレ川柳」TOTO
「ものづくり川柳大賞」日本能率協会コンサルティング
「ウェルネス健康川柳」ドラッグストア・ウェルネス
「シルバー川柳」全国有料老人ホーム協会
「タニタ健康川柳コンテスト」タニタ
「ナース川柳」ナースステージ、ナースキャリアネクスト
「あなたが選ぶオタク川柳大賞」インターリンク
「いい夫婦川柳コンテスト」「いい夫婦の日」をすすめる会
「子育て川柳コンテスト」バレッドプレス

「味川柳大賞」茂野製麺
「ホームメイト川柳大賞」ホームメイト
「私と回転レストラン川柳」リーガロイヤルホテル京都
「コスメ川柳」オズ・インターナショナル
「ロービジョン・ブラインド川柳コンクール」三城
その他多数。

新型コロナウイルス禍が拡大している、令和三年（二〇二一）の「サラリーマン川柳」のグランプリは、三十代男性でした。

会社へは来るなと上司行けと妻

ベスト3はコロナ関連が独占しています。

和歌は俳句の祖先

◆日本最古の和歌は『万葉集』

和歌（長歌）は『日本書紀』『古事記』に存在しておりますが、和歌（短歌・長歌）として登場したのは『万葉集』が最初です。

『万葉集』は日本人なら誰でも知っている書籍ですが、その実態については知らないことが多いのではないでしょうか。

『万葉集』は奈良時代の末期に成立したと思われる日本最古の和歌集です。『万葉集』の成立については詳しいことはわかっていません。また各巻によって編纂者が異なりますが、大伴家持の手によって二十巻に最終的に編纂されました。総和歌数は四千五百首になります。このうち約九割が「五七五七七」の短歌です。長歌は二百六十五首になります。

長歌とは、「五七・五七・五七……五七七」と「五七」を三回以上繰り返し、最後に七音を加えた形式。この長歌は『日本書紀』や『古事記』や『万葉集』にありますが、平安時代以降すたれました。

『万葉集』は日本が世界に誇るべき文化遺産です。日本文学を代表する日本伝統の「座の文芸」です。

百田尚樹『［新版］日本国紀〈上〉』（幻冬舎文庫）には、次のように書かれています。

『万葉集』は現存する最古の和歌集ですが、この中には、天皇や皇族や豪族といった身分の高い人々の歌だけではなく、下級役人や農民や防人など、一般庶民ともいえる人々が詠んだ歌も数多く入っています。つまり当時の日本では、歌を詠むという行為はごく普通の嗜(たしな)みであり、決して選ばれた人たちだけのものではなかったことがわかります。しかも優れた歌の前では身分は一切問われませんでした。その証拠に、遊女や乞食（芸人）といった当時の最下層の人々の歌も万葉集には収められています。

　また権力争いに敗れた朝敵と見做される人物の歌や、防人歌のように、故郷を遠く離れて九州の前線に配置される兵士の悲哀を嘆じた歌も入っています。受け取りようによっては政権や政策批判とも見える歌でさえ収録されているのです。ここには、歌において罪や思想は問わないという姿勢が見られます。千三百年も前にこれほど豊かで成熟した文化を持った国が世界にあったでしょうか。私は『万葉集』こそ、日本が世界に誇るべき古典であり、文化遺産であると思っています。

（傍点は筆者）

◆令和の元号は万葉集からの引用である

百田尚樹は次のように語っています。

ところで、平成三一年（二〇一九）四月三十日、天皇の譲位により、翌日の五月一日から令和の御代となりましたが、この時に定められた新元号の「令和」という文言は、万葉集から採られました（巻五の「梅花の歌三十二首、并せて序」【原文は漢文】より）。約千三百年の間、元号の文言は一貫して漢籍（中国の古典書籍）から引用されていましたが、二十一世紀になって初めての元号が和書から引用されたことは、新しい時代の到来を象徴する出来事だったと思います。（傍点は筆者）

また、坂野博行著『眠れないほどおもしろい万葉集』（王様文庫）では、次のように書かれています。

元号の元になる文章がある。

時に、初春（しょしゅん）の令月（れいげつ）にして、気淑（よ）く風和（やはら）ぐ。

訳：折しも初春の良い月で、空気はしとやかで風は穏やかに吹いている。

この「梅花の歌三十二首の序文」を書いたのは山上憶良（やまのうえのおくら）（旅人という説もある）だと言われて

いるんだけど、この新元号の「令和」の考案者とされている中西進大阪女子大元学長は、月刊誌『文藝春秋』二〇一九年六月号で、「令」は「麗しい」、和は「平和」と「大和」を表現しているとしたうえで、

「『令和』は、『麗しき平和をもつ日本』という意味です。麗しく品格を持ち、価値をおのずから万国に認められる日本になってほしいという願いが込められています」と説明している。

（傍点は筆者）

◆座の文芸としての万葉集

序文では、続けて梅の咲く様子を「鏡の前で女性が装う白粉のような白さで咲いている」と記している。梅の花の色はピンクか白のイメージがあるけど、ここで咲いていたのは、どうやら紅梅ではなく白梅のようだ。

序文の後に三十二首の歌が続いていて、それは宴に参加した人たちが順に詠んだものだけど、こうしたスタイルは、のちの世の「連歌」に似ているね。

（『眠れないほどおもしろい万葉集』より／傍点は筆者）

万葉集を考察すると、「座の文芸」の原型はここに在り、と。

その成立を考えると日本全国民すべてによる共同作業であり、その本の制作には何人もの人

による共同作業である。
四二ページの「五七五・五七五七七の流れ」に沿って見れば、座の文芸の源流になると思います。あなたはどう思いますか。

◆明治以後の短歌

明治時代初期には、それまでの御歌所派中心の貴族的伝統的な和歌を批判する、自由と個性を求める近代短歌が始まり、落合直文（なおぶみ）や与謝野鉄幹を輩出しました。明治三十三年、鉄幹は月刊文芸誌「明星」を創刊し、与謝野晶子を擁して短歌の全盛時代を築きました。

さらに明治四十年代には、北原白秋、若山牧水、石川啄木の面々が開花しました。

正岡子規は、明治三十一年に「歌よみに与ふる書」を新聞紙上に連載。貴族的な伝統的な和歌の『古今和歌集』『新古今和歌集』をけなし、「万葉集への回帰と写生による短歌」を提唱しました。

昭和末期から平成初期にかけて、俵万智氏の『サラダ記念日』（河出書房新社）により、短歌が一気に大衆化していきます。また、平成二十四年（二〇一二）には、NHKで「短歌ｄｅ胸キュン」という初心者向けの短歌講座も始まりました。

最近では、歌集では異例の売れ行きと言われている鳥居氏の『キリンの子　鳥居歌集』（Ｋ

ADOKAWA）や、萩原慎一郎氏の『歌集　滑走路』（KADOKAWA）が注目を集めました。特に『滑走路』は、歌集としては『サラダ記念日』以来となるベストセラーであり、映画化もされ、現在も売り上げを伸ばしています。

短歌については門外漢ですので、この辺にしておきたいと思いますが、最後に、俳句と短歌の共通点をあげておきます。

吟行：俳句と同じく、名所や野外に出かけて短歌を詠みます。複数人で出かけた先で歌会を開く「吟行会」も同じです。

結社：俳句結社と同じく、短歌も同好会のような集まりがあります。主宰者がいて、会員の研鑽を目的としています。

歌会：俳句の「句会」と同じで、各自が作った短歌を発表して批評し合う集まりがあります。短歌結社の主な活動は「歌会」の開催です。

《幕間》私の好きな俳人

あなたは俳人の中で誰が好きですか？

私は、他の人たちはどんな俳人が好きなのか知りたいと思い、調べてみました。そこで、私の信頼する朝日新聞の俳句担当記者、宇佐見貴子氏による「いちばん好きな俳人」（平成二十四年四月二十八日付）という記事が適切と考えました。

朝日俳壇の俳句時評担当者の田中亜美氏の意見を参考に、江戸時代から現代までの俳人の中から代表と思われる五十名を選び、千五百三十七名にアンケートしたものです。二十位までは以下のとおり。

一位　松尾芭蕉　八百八十九票
二位　小林一茶　八百六十八票
三位　正岡子規　七百十六票
四位　与謝蕪村　六百二十五票
五位　高浜虚子　二百七十四票
六位　種田山頭火　二百五十六票

七位　黛まどか　百四十二票
八位　中村汀女　百十八票
九位　金子兜太　七十九票
十位　水原秋桜子　七十四票
十一位　山口誓子　七十票
十二位　中村草田男　六十八票
十三位　飯田蛇笏　五十票
十四位　鈴木真砂女　四十七票
十五位　尾崎放哉　四十六票
十六位　角川春樹　三十五票
十七位　加藤楸邨　三十二票
十八位　西東三鬼　二十六票
十九位　稲畑汀子　二十五票
二十位　杉田久女　二十二票

やはり芭蕉が八百八十九票で一番は当然でしょうね。五位の二百七十四票で高浜虚子、六位に種田山頭火が二百五十六票は、定型人口と随句人口を比べれば、これは一般人の人気によると考えられます。以下は、その記事からの抜粋です。

俳句は日本語で作られるもっとも短い詩。五七五で、生活や季節が詠まれてきました。若い頃、教科書に載った俳句を暗記した読者も多いでしょう。名句はたくさんありますが、それをつくった俳人に注目してみました。今、読んでみたい俳人は誰ですか？

（中略）

圧倒的人気をほこるのが松尾芭蕉。58％が投票した。「夏草や兵どもが夢の跡」「閑さや岩にしみ入蝉の声」のほか、辞世の「旅に病んで夢は枯野をかけ廻る」も有名。

（中略）

後世への影響も大きく、4位の蕪村もその一人。蕪村筆の「芭蕉像」も残る。まさに「俳聖」だ。

21票差で2位は小林一茶。「雀の子そこのけそこのけ御馬が通る」「我と来て遊べや親のない雀」などでも知られ、「小さいもの、弱いものに優しい」（大分、53歳女性）と人間性に共感が寄せられた。

（中略）

俳人の田中亜美さんは、芭蕉と一茶が僅差である点に注目。「俳句といえば芭蕉。これは誰でも思いつくが、一茶への共感は人間も含む生きものが題材だからでしょうか」。海外では、翻訳しやすい一茶の人気が高いという。

3位は正岡子規。「『坂の上の雲』の子規がすごかった」と愛知県の48歳男性が寄せたように、テレビドラマの影響も大きい。病と闘う子規役の香川照之の熱演が俳人のイメージを確立した。多才な子規には「瓶にさす藤の花ぶさみじかければたゝみの上にとゞかざりけり」などの短歌もある。

そして子規から「ホトトギス」を継いだ高浜虚子が5位に入った。今でも国内最大の俳句結社である。

（中略）

読み手の生き方を重ねやすい俳人たちも名を連ねた。6位の種田山頭火の「分け入っても分け入っても青い山」を、神奈川県の58歳男性は「何をしてもダメな自分に絶望し、死のうと山に入ったが、そこで緑の生命力に包まれ、死ぬことを忘れた」。15位の尾崎放哉とともに「放浪の俳人」「2人が世捨て人だったことと、伝統的な五七五の俳句形式を離れてしまった事とは、たぶん密接に結びつく」と大岡信は「折々のうた」で書いた。何度か山頭火ブームはあり、管理社会の強化がいわれた1980年代後半から人気は続く。

（中略）

神奈川県の55歳男性からは、『俳』の意味は？　分解すると『人に非ず』？」という質問が寄せられた。記者も知らなかったので調べたところ、「俳優」の「俳」と同義で、人が左右に分かれてかけあいをするところからきているそうだ。「俳諧」も「こっけい、おかしみ」の意味。現代人も、好きな俳人と「かけあい」をするつもりで、様々な俳句に接してみてはどうだろう。（宇佐美貴子）

第三幕

連句就中歌仙は日本の伝統文化

連句就中歌仙と私の出合い

私が「歌仙」に本格的に出合ったのは、平成二十三年（二〇一一）五月五日付の朝日新聞夕刊に掲載された、俳句担当記者の宇佐美貴子氏による、半ページの歌仙の実録記事でした。場所は大津市の琵琶湖湖畔の酒蔵「余花朗(よかろう)」。「主」は歌人の永田和弘さん。「客人」は作家の辻原登さん。そして俳人の長谷川櫂(かい)さんが「宗匠」として座を捌き、三人の共通の友、俳優の寺田農(みのり)さん、大学関係者の方、招待された宇佐美記者が参列しました。

この会は、参加者の皆が敬愛する、歌人にして永田さんの妻である故・河野(かわの)裕子さんの名歌を、湖水のほとりで味わい直しつつ巻き上げました。

歌仙では客人が発句（歌仙の最初の句、五七五）を詠むので、今回は辻原さんが発句。次の脇句（七七）は主人の永田さん。長谷川櫂さんは進行役の捌き手で第三句（五七五）を務め、スタートしました。

朝日新聞の記事に掲載されたこの会が、二〇一九年一月に中央公論新社から発刊された歌仙のバイブル的な書、『歌仙はすごい』の第一話「葦舟の巻」です。

　歌仙は当初「百韻」すなわち百句作るのが主流でしたが（十八句は半歌仙、四十四句は世吉（よよし）、五十句は五十韻、百句は百韻と呼んだ。千句にも及ぶ歌仙も多かった）、松尾芭蕉が「百句では芸術性が高められない」と、『三十六歌仙』にちなんで三十六句を「歌仙」としました。それにより、江戸文化は歌仙が主流に躍り出て、大多数が三十六句の歌仙に統一されました。

　また、芭蕉は歌仙に優雅の世界を表現し、俳諧の芸術性を高め、中でも単独でも鑑賞に堪える自立性の高い「発句（五七五）」を数多く詠んだことが、後世の俳句の源流となりました。これが、芭蕉が「俳句の祖」と崇められる所以でしょう。

　第二幕の「連歌から俳句への流れ」の項で前述しましたが、正岡子規はその俳諧の発句を「俳句」と称し、独立性を認めました。これが俳句です。つまり、俳句は元々は俳諧の一部だったのです。

　さらに子規は、「発句（俳句）は文学なり。連俳（俳諧）は文学に非ず」と宣言しました。江戸時代には大いに盛り上がっていた歌仙も、明治時代に入ってからは人気がなく、既に下火となっていたところに、子規が「俳句革新運動」を新聞紙上に展開し、これによって歌仙は息の根を止められてしまいました。そして、俳諧の発句が「俳句」という独立した一つの文芸として生まれ変わることになったのです。その結果、俳諧師だった、松尾芭蕉、与謝蕪村などが作った過去の「俳諧の発句」も、「俳句」として大注目を浴びることになります。

　ところが、「歌仙は文学に非ず」と言い切ったその子規も、晩年は盛んに歌仙を巻いていました。

ではここで、歌仙の座の仕組みや進め方を簡単にお話ししておきましょう。

歌仙では、集まった人たちを「連衆（れんじゅ）」、その場を「座」。歌仙を作っていくことを「巻く」と言います。その進行役を「捌き手」と呼びます。一巻の最後の句は「挙げ句」と呼ばれ、これは「挙げ句の果て」の語源です。

歌仙は、最初の人が五七五（長句）を作り、次の人が七七（短句）を作り、さらに次の人は五七五……と、これを繰り返していきます。前句に後句を付け合いし続ける形式です。付け合いする句と句は、独立性のあることが原則です。しかも、隣り合わせの二句が調和することが特徴であり、そこが「座の文芸」である所以です。そして、歌仙は三十六句で区切りをつけます。

また、歌仙には煩瑣な決まりごとである「式目」がありますが、句を詠みつなぐ基本は、前句と後句を暗示と連想で結んで、その展開の行方は自然の流れに任せます。このように全体構成を予め定めていないことが最大の特徴です。そして、「歌仙は三十六歩なり。一歩も後に帰る心なし（芭蕉）」を心がけるべしと言われています。

歌仙と芭蕉の『奥の細道』

芭蕉は全国を歩き、数々の紀行文を書いていますが、そのベースは各地で歌仙を巻くことにありました。その辺の事情を『奥の細道』から見つけてみましょう。

『奥の細道』といえば、芭蕉ファンのほとんどが、冒頭の文章と「千住旅立ち」の句碑や芭蕉と曾良（そら）の旅姿を思い出します。芭蕉は質素な僧侶姿で、自分を貧乏な風羅坊と放言（ほうげん）しています。しかし、実際はところどころで長逗留をして盛大な接待を受け、宗匠として歌仙を巻き、優雅な旅を満喫していました（確かに道中、貧乏の旅姿になり寂しい旅を続けたこともありますが）。

以下、私の覚書から、『奥の細道』より何箇所かを抜粋します。

◆その一　尾花沢

涼しさを我宿にしてねまる也　　芭蕉

現在の山形県尾花沢市に「芭蕉十泊のまち」の看板があり、栃木県大田原市の黒羽につぐ長逗留の場所でした。

紅花を扱う豪商の鈴木清風はじめ、地元の人々のもてなしが良かったのでしょう。何日も歌仙を巻いたと伝えられており、清風も門下生も歌仙のレベルは高かったと思われます。

清風は風流人で、江戸吉原の遊女に休養を与えるという目的だけで、吉原全域を三日三晩借りきったという豪快な逸話もあります。

吉原を代表する花魁、高尾大夫は、清風のその男気に惚れて秘蔵の柿本人麻呂像を贈呈し、それは現在も資料館に保存され、清風は名士として尊敬を集めています。

◆その二　親不知・市振

一家（ひとつや）に遊女もねたり萩と月　　芭蕉

この句、伊勢参宮に行く遊女二人と書いてありますが、当時女二人の旅はありえません。歌仙に恋の句をこの辺で挿入したとの説もあるようです。

その宿の跡には現在、「芭蕉の宿・桔梗屋跡」の看板があり、そこからほど近い長円寺には「遊女もねたり」の句碑が建っています。

◆その三　鶴岡・酒田

『曾良旅日記』によれば、

めづらしや山を出羽の初茄子（なすび）　芭蕉

が、この時の歌仙の発句です。他に『奥の細道』本文に記載されている、

あつみ山や吹浦かけて夕すゞみ　芭蕉

暑き日を海にいれたり最上川　芭蕉

など、芭蕉の句が九句、取り上げられています。

『奥の細道』本文には、鶴岡・酒田についての記述はたった二行です。しかしこの二行に、当地で歌仙を巻いた記述があります。

◆その四　越後路

荒海や佐渡によこたふ天河　　芭蕉

越後路百三十里がたった三行の記述しかないのは、芭蕉ファンで佐渡生まれの私としては落胆の極みです。まして、「荒海や」の句について、詠んだ場所に疑義があるとは、私としては残念至極の思いです。

しかし『曾良日記』によれば、越後路の各地に立ち寄り、何日か歌仙を巻き上げたと記載されています。

芭蕉の時代、歌仙は大盛況で、歌仙人口も飛躍的に伸びたようです。それに引き換え、発句会、月並み句会は小規模でした。

『奥の細道』の立石寺での、

閑さや岩にしみ入蝉の声　　芭蕉

平泉での、

夏草や兵どもが夢の跡　　芭蕉

など、歌仙集には含まれていない句もありますが、この二点は俳句・俳文集には記載されています。歴史的に見ると、「発句」は時代が下るにつれ独立色を強めたことが読み取れます。井本農一氏の『新編日本古典文学全集』（小学館）によると、芭蕉の歌仙集はその場（座）に居合わせた人や、訪れた場所への〝挨拶〟の意が込められているそうです。先の二句のように、作者の思いを吐露した作品、特定の誰かに向けられたものでない作品は、独立した「発句」として扱われました。

まだ歌仙の何たるかも理解できていない無能無才(注1)の私が俳句・歌仙を語るのはおこがましいこととは存じていますが、読者の皆さんが少しでも俳句・歌仙の研鑽を積まれる一助になればと思います。

さて、明治以降すっかり衰退した歌仙が、このところ多くの地方の若者を中心にブームとなっているようです。二〇一九年に亡くなられたアメリカ生まれの日本文学研究者ドナルド・キーン氏も、歌仙に力を入れていました。氏の言うところの、「日本特有の詩（ポエム）の形式」が復活し始めています。

このように素晴らしい日本の文芸、歌仙ですが、現在、歌仙人口はまだ一万人にも満たないようです。俳句に比べてルールが複雑なことと、古臭くて現代的ではないことなどが原因かと思います。歌仙の復活には、時代にふさわしい新しい式目の作成が重要と考えております。

このことに関しては次のような見解もあります。

連句は俳句の影響を受けて現代化した、と喜んでいる連句作者が大勢います。たしかに現代化しているのですが、新機軸を提示できない俳句と共に世紀末化されたに過ぎない、と気付いている人はいません。

世紀末化した連句は、アニメーションやＣＧ処理された画像のようなイメージによる連想や、根拠もなく思い浮かべた連想を文学的な直感といって新しがっています。これでは、連句で養うべき思考力は衰退（すいたい）してしまいます。伝統的な連句の思考方法は、近現代が切り捨て続けてきた印象によっているのです。（大畑健治『次世代の俳句と連句』）

注１：「無能無才」は芭蕉の『幻住庵記』内の記述
「つらつら年月の移り来し拙（つたな）き身の科（とが）を思ふに、ある時は仕官懸命の地をうらやみ、一たびは佛籬祖室の扉に入らむとせしも、たどりなき風雲に身をせめ、花鳥に情を労じて、しばらく生涯のはかりごととさへなれば、つひに無能無才にしてこの一筋につながる。」

第四幕

句会は俳句の醍醐味

「まっとうな句会」とは

では、歴史の次は、俳句のための場についてお話ししたいと思います。吟行、俳句結社、俳句サークル、俳句受付団体、インターネット俳句などいろいろありますが、ここでは特に「句会」について述べさせていただきます。

パーキンソン病など病気療養中の方々と、文芸としての俳句に興じる人々とは共通点があります。

パーキンソン病をはじめさまざまな病気の方々は、同じ病の人々が集まり、「〇〇病友の会」といった団体を結成していることが多いものです。そこでは、病気についてお互いに話し合い、相談し合い、慰め合い、激励し合い、助け合って、問題や悩みの良い解決方法を見出しています。

また、こうした団体は、その病気の人々に役立つ知識や問題の解決方法を専門医に訊いたり、患者本人の体験談を広く集めたりして、冊子を作り、会員に配ります。会員は、自分の療養生活、病気に対する疑問・質問、随筆、文芸などを、その冊子に自由に投稿できます。

俳句、歌仙は「座の文芸」と言われます。歌仙は数人が共同して作り上げる文芸であり、俳句は同人が一堂に会する句会を通じて相互に選句。忌憚のない批評を行い、時には「宴」へと続きます。

つまり、俳句のためのいろいろな場と句会の特性は、「〇〇病友の会」といった団体とはとてもよく似ているわけです。

では、正しい句会の説明をする前に「あなたは本当の句会を知っていますか?」という問いかけをしたいと思います。

私が語るには荷が重いので、小林恭二氏の著書『俳句という遊び――句会の空間』掲載の句会の議事録より転載させていただきます。

この句会が開催されたのは平成二年（一九九〇）春、場所は山梨県境川村（現・笛吹市）の飯田龍太邸（蛇笏、龍太、二氏の生家）と御坂山地にある天下茶屋です。

飯田蛇笏現われそうな桃の空　安井浩司

この地は桃の産地として有名で、桃と杏と山桜が同時に咲く山梨の名勝です。ここに集まったのが飯田龍太、三橋敏雄、安井浩司、高橋睦郎、坪内稔典、小澤實、田中裕明、岸本尚毅という、流派を超えた当代一流の俳人たち八名でした。

これは本当の俳句のオールスター戦といえます。よくもこれだけのスター選手が揃ったものです。

しかし、本書のプロローグの冒頭には、こう書かれています。

いきなり「句会」と言われても、なんのことやら分からない人も多いだろう。

ひょっとしたら「句会」という言葉を聞いたことすらない人もいるかもしれない。

まあ、言葉は知っていても、そのなんたるかは想像がつかない人がほとんどだと思う。

それは当然のことである。

と言うか、もしあなたが「句会」についてよく知っているつもりなら、その方があやしいと考えた方がいい。

なんとなれば、この句会に出席した俳人からして、

「句会って、いったいどんなふうにやるんだっけか?」

とわたしに尋ねたくらいだから。

中には正真正銘句会をやったことがないという人もいた。

それも何十年もの間どっぷりと俳句と付き合ってきた俳人がである。

また、「まっとうでない句会」についても私が説明したいのですが、恐れ多いので、やはり小村氏の著書をお借りします。

それはたとえばこんな具合である。

ある昼さがり。

公民館の一室。

上座には「先生」と呼ばれる俳人がデンと座っている。

そのまわりは「幹部」と称されるお歴々が固めている。

一般俳人は小学校の生徒みたいに、もしくはスターリン時代の査問委員会に呼び出されたモスクワ市民みたいに、はしっこで小さくなっている。

それでもってお通夜のように静まりかえっている。

句会が始まる。

出席者全員の俳句が回覧される。（時に、「先生」だけ出句しないときもある。しもじもの句会に俳句を出せるかってなもんだろうか。）

出席者はその中からいいと思う俳句を六、七句選ぶ。

よみあげられる。

ここで人気が集中した句は高点句と呼ばれる。ただしそれに重きがおかれることはまずない。

この手の句会で重視されるのは「先生」が選んだ句だけである。生徒たちが凡眼で選んだ句など何ほどの価値もないのだ。

先生は自分で選んだ句に対する評価を一方的に述べる。

それでおしまい。

選に入った者は喜び、選にもれた者はがっかりする。そして次回こそは、なんとしても先生の選に入ろうと決意を新たに家路をたどる……。

こういうのも句会であることには違いがない。

ただまっとうな句会とは言えない。

楽しみが欠如しているし、そもそも俳句を媒介にしたコミュニケーションがない。これでは「座」とは言えない。

それとは別に、いわゆる文化人がやるような句会もある。

これは先生がいても形式的で、せいぜい天・地・人をつけるぐらい。

俳句を味わうよりは互いの俳句をけなして楽しもうというのが、基本的スタイル。

楽しんでいる分、さきにあげた句会よりましではある。

ましではあるが、この手の句会もまっとうな句会と言いがたい。

(中略)

では、めったにない、そう、俳人だってあまりやらない「まっとうな句会」とはどんなものか?

答はとても簡単である。

俳句を媒介にして、日常とりえないような高度で玄妙なコミュニケーション(=遊び)をとれるような座、そういうのをまっとうな句会という。

えっ、俳句を媒介？　それでもって日常とりえないような高度で玄妙な？　コミュニケーション？　なんだそれは、どういうことだ、もっとちゃんと説明しろ、とあなたは言うかもしれない。

もちろんわたしはその気でいる。

ただ少し待ってほしい。その説明こそ、本書そのものになる予定なのだから。

小林氏は以上のように記しています。「まっとうな句会」については、氏の著書『俳句という遊び　――句会の空間』をお読みください。

また、同書内の「ある俳句史　――飯田龍太と三橋敏雄」の章では、飯田龍太と三橋敏雄を中心とした戦後俳句史が述べられており、秀逸。「題詠とは何か」「嘱目とは」の項も、句会など認識の広がりに役立ちます。

参加者のプロフィールも楽しく読めますし、大変役立つ書です。是非、目を通してみてください。

実際の句会

私は、俳句において最重要なのは「句会」だと思います。

それぞれの俳句結社で句会のやり方は多少異なりますが、一般的には、何人かが集まって俳句を回覧し、お互いに選句して批評し合います。

句会では、まず各自が一句を一枚の短冊に書き、決められた句数を無記名で投句します。その時、主宰（指導者）も同様に作成、投句します。すべての句をシャッフルして、全員で回覧したあと、各自は、その句の中から自分の作品以外で良いと思う句を選び、投票します。そして、投票された句を、披講者が一句ずつ読み上げます。

この披講においては、誰がどの句に票を入れたのかが明らかになり、もちろん、人気の度合いもわかります。けれど、この段階では作者が誰かはまだ明かされていません（この段階で作者が名乗る結社もあります）。

次は「講評」で、各自が選んだ句について、選んだ理由、意見、異議、感想などを述べます。そして、すべての意見が出終わったら、ここで作者が手を挙げ、自分のその句ができた経緯、作者の思いなどを話します。

句会の面白み、楽しさは、この時の同人同士のやり取りではないでしょうか。侃々諤々として議論がエスカレートする場合もあります。もちろん、主宰による句に対する講評、助言、及び添削も重要ではありますが、この披講、講評という、他の文芸には見られない形式は、日本独特の優れたものだと思います。

句会の主宰を含めて、全員匿名で句を発表し、褒めたり、批判したりして審査し、天地人、一席、二席、三席と順位を平然とつけて句会は終わりますが、この仕組みは部外者にとっては驚くべき方式に見えるのではないでしょうか。

句会という座の中で人と出会い、励まし合いながら、俳句は作られるものです。自分とはまったく異なったとらえ方をする人に驚いたりして、お互いに刺激になります。

句会は平等な場ですから、作者が手を挙げるまで、誰の句かわかりません。選句はフリーで、選んだ句にフリーに意見を述べます。主宰の作った句が、誰からの選にも入らないこともしばしば発生します。

この句会のやり方には、すでに俳句人として活動されている方は何の疑問も感じないと思いますが、句会のことをご存じない方や他国の人々が以上のような句会のやり方を聞いたら、きっと驚愕することでしょう。しかしながら、それを平然とやり遂げるのが、俳句を志す者の醍醐味です。

では、句会の実際のやり方を述べたいと思います。

句会は、古くは「運座（うんざ）」といい、文政年間（一八一八〜一八三〇年）に始まりました。俳諧の座で連衆一同が一つの題を出して、それについて句を作り互選する会のことで、「袋回し（一定の題を袋に入れて各自に配り、各自は一句を短冊に書いて袋に入れ、右隣の人に回していく）」と「膝回し（出された題の句を各自一句、書いて回し、最後の人が浄書して互選する）」がありました。

そして明治時代、伊藤松宇（しょうう）らによって新しい運座が実施され、さらに俳句界の巨匠、正岡子規によって、その方法が一定され、現在に至っています。

◆句会の用語

題詠：あらかじめ決められたテーマに沿って俳句を作ること。

兼題：句会の前にあらかじめ出されるお題。ほとんどが季語。

席題：句会の当日の席で告知されるお題。

雑詠：特にテーマを決めずに自由に俳句を作ること。

当季雑詠：その句会が実施される季節の季語が入っていれば何を詠んでもいい。

嘱目（しょくもく）：その句会で、実際に自分の目で見たものを織り込んで即興的に俳句を作ること（散策の時間を取ったあとに句会になる場合のみ）。

◆句会の実施

〈出句〉

参加者が自作の句を、一句ずつ短冊に無記名で記入します。例えば「出句五句」と言われたら、それぞれの参加者が五句ずつ出します。これを「五句出し」と言います。

〈清記〉

主宰（指導者）の句も混ぜて全員の短冊をシャッフルして、各人に数句ずつ配り直します。各自はその数句を用紙（清記用紙）に書き写します。清記のやり方は、参加人数の大小によって変わってきますが、それほど大きな違いはありません。

清記作業の目的は、誰が作った句か、筆跡からはわからないようにするためです。もちろん、達筆で清記する必要はありませんが、絶対に誤字がないようにします。たとえ短冊に書かれている漢字や仮名遣いなどが間違っていると自分では思っても、原文のまま書き写すことが肝要です。俳句の場合、一字の間違いで大変な解釈違いになることがあるからです。

清記用紙には番号を付けます。その番号は、主宰から順に時計回りに1、2、3……となります。

〈互選（選句）〉

清記用紙に書かれた各句を回覧します。各自は、回ってきた清記用紙の中から良いと思った句を書き留めておきます（自分の句は除く）。見終わったら右隣の人へと順次送っていきます。すべての清記用紙を見終わったら、自分が良いと思った句の中から、決められた数の句を決定し、選句用紙に書きます。これには選んだ自分（選句者）の名前も書きます。「五句選」なら、各自五句ずつ選びます。たいていの場合、特に良かった句を「特撰」とします。その場合「五句選うち一句特撰」と言います。

〈披講〉

司会者（俳句歴、選者歴の長い人など）が、選句者の名前と選句を読み上げます。この時、俳句を耳で味わうことができ、俳句作りの参考になります。

〈講評〉

全部の清記用紙を主宰あるいは司会者のもとに集めて、一句ずつ選んだ理由や感想を述べ合います。また、主宰による講評があります。そのあとで作者が名乗りを挙げ、この時に初めて作者がわかります（披講の時に作者が名乗る結社もあります）。

〈反省会（二次会）〉

句会が終わると、反省会という名の二次会の会場へ移動します（会場は飲食できる場所の場合が多い）。

句会で無点の作者の愚痴を聞いたり、話題作を改めて酒の肴にしたりして、和気藹々と話して酒を呑みます。反省会は無礼講が原則ですので、選者（先生）も同人（生徒）もざっくばらんに話ができ、楽しい雰囲気になります。句会にはあまり出たくはなくても、この反省会が楽しみで句会に参加する人もいるくらいです。

しかし、反省会というわりには〝反省〟は早々と切り上げ、わいわいがやがや世間話になることが多いのも事実です。

以上が句会のやり方です。

句会の良いところは、自作を人の目にさらし、他人の意見を聞けることです。自信作だったのに一票も入らなかったことの悔しさや虚しさ。けれど、その句に対する皆の意見を聞き、納得したりします。そのようなことで自分の作品を客観視できるのです。

また、句会では人の句を鑑賞できるので、今後の参考になります。辛辣な意見やネガティブな意見が出ることも当然あり、それに対して逆に肯定的な意見も出て、大いに場が盛り上がる時もあり、それが俳句の上達の糧となります。

最後に主宰による講評がありますが、互選で多くの票が集まった句が良い講評を得るとは限りません。主宰の選句との違いを理解できて、これも今後の参考になります。

前述しましたが、パーキンソン病と俳句という二つのものには共通点があると私は感じています。パーキンソン病や病気療養中の皆さんが、本書をきっかけにして俳句を始めてくだされば嬉しく思います。また、すでに俳句に馴染んでいる方々は、お互いにより一層励んでいきましょう。

俳句が、パーキンソン病の方々、病気療養中の皆さんにとってリハビリ効果があると、医学者たちにも認められることを願っています。

「吟行」について

句会の当日に神社仏閣（その他どこでもよいのですが）に出かけ、各自が散策しながら句を作ります。そして、出句の締切時間までに会場に集まって句会をします。これが「吟行句会」略して「吟行」というものです。そこに出す句は、吟行場所で見た素材を読むのが原則です。これを「嘱目」と呼びますが、季節の素材が豊富な場所を選ぶことが、句会の盛り上がりに関係します。参加人数は少人数から大人数までいろいろ。泊まりがけの吟行もあります。

吟行が作句として確立したのは、明治二十七年秋。正岡子規が根岸の郊外を散歩して作句した時が始まりです。そして、吟行を作句法として完成させたのが高浜虚子で、一九三〇年、府中の大国魂神社前のケヤキ並木で吟行会を催しました。以後それは毎月行われ、百回継続されて作法として定着しました。

実際の吟行については、第六幕の「吟行の報告　――　『白』で実施した計画と内容」の項をご覧ください。俳句会「白」の、流山合同吟行の会の実際を記しました。

光明院、一茶双樹記念館、近藤勇陣屋跡を散策し、一茶双樹記念館にて句会。反省会は居酒屋にて行われました。

初めての俳句作り

これまで俳句の生い立ちや流れを読まれて、俳句への理解は深まったのではないかと思います。では、実際に俳句を作るにはどうしたらいいのでしょうか？　バラエティ番組「プレバト!!」でブレーク中の夏井いつき女史と石寒太氏は『実践！　すぐに詠める俳句入門』内の対談で、このように述べています。

夏　俳句界が富士山みたいな山だとしたら、私は裾野を広げることが自分の仕事だと思っているんです。（中略）「俳句ってこうだ」という勝手な思い込みで敷居を高くしていますから、それをハンマーでガチャーンって壊すんです。

寒　「俳句の約束事は、五七五で季語が一つ入っているという二つだけだよ」と言うと（後略）

夏　俳句では「やってはダメ」という言い方はやめた方がいい。

寒　作った句を恥ずかしがらずに人に見せること（後略）

夏　（前略）句会というのは素晴らしいシステムだと私は思っているんです。名前を隠して、初心者も上級者も関係なく、みんなが平等に参加できる。

寒　句会は知的でゲーム性があるから、楽しみながら参加できて、しかも自然と、俳句上達の技法も身につけられますから、僕もお勧めしますね。

寒　俳句は十七音と短い分、作者も読み手も想像力が大事。（中略）いろいろな意見が出てくる句の方がいい句なんですよね。そういったことも、句会で学ぶことができる。

夏　あと、私は俳号っていうシステムも素晴らしいと思っているのです。まだ一句も作ってない初心者に対しても「まず俳号を付けよう！」って勧めています。そう言うと、茶道や華道のイメージがあるせいか、たいてい皆、「私のような者が俳号なんて」っておっしゃるんですけど、そのときは「本名でやってダメ出しされたら痛いよ」って脅していますす（笑）。「俳号を付けて、この名前はゲンが悪いと思ったら変えればいいんだし、実力がついて本名でやれる自信がついたら本名に切り替えればいい」って。

そして、まとめとして石寒太氏は次のように記しました。

初心者が俳句を始めるには

一、「五七五で季語が一つ」から始めよう

一、普段使っている易しい言葉で詠もう

一、句を作ったらどんどん人に見せよう

一、初心者ほど俳号を付けよう

一、目にしたものを五七五にしてみよう

また、平成三十年（二〇一八）二月、九十八歳で死去された俳句界の大物、金子兜太先生は、『俳句のつくり方が面白いほどわかる本』に次のように記されています。

大人になると「俳句をはじめたい」と思うと同時に「俳句を勉強しなければ」と考えがちです。そして「俳句はむずかしい」と渋い顔をしている人が多いのですが、それは意味がありません。〝勉強〟からはじめないで、〝まず作ること〟からはじめること、これが大事です。なんでもよいから五七五で書いてみることです。そして、その作った俳句を何度も口ずさんでいるうちに、「ああ、いいな」と思う句とそうではない句がわかってきます。そのとき、「ちょっと違うな」という句は直してみる。直してもまだ満足できないときは、その句をあきらめて捨てること。逆に、いいなと思えてきたものは残すこと。これは良い俳句（好句）なのです。

こんな具合に気軽に作りはじめて、自分で自分の俳句を口ずさむ習慣をつけてください。また、好句とされている先輩や古典の俳句を口ずさんでみることも役立ちます。好句というものの味わいを自分の体で覚えることによって、それが基準となって、自分の句も判定できるようにもなります。こうしているうちに、五七五に慣れてきます。「慣れるということが大前提なり」です。作り方の話はそのあとです。

（中略）作り方をあれこれ知っておくことによって、いろいろなことが詠めるようになることは間違いありません。

句を発表する場所

◆一人で悩まない

俳句は短い文芸ですから、自分一人だけでも、なんとなく簡単に一句できてしまいます。しかし、ただ一人だけで作っていて上達するのは難しいものです。それは、自分一人しかいないと、自分の作品がどのように読めるのか、読まれるのか、客観的に判断することができないからです。

作品を客観視できず、自分だけの思い込みの世界に偏ってしまうのは危険です。作品に描いた風景や込めた思いが読者にうまく伝わらなかったり、まったく理解してもらえなかったりします。

俳句の表現を磨くには、人から感想を聞くことや、指導者からの批評や指導を受けることが、どうしても必要になってきます。

◆句会に出る

俳句は歌仙から生まれましたが、その歌仙は、複数の人が参加する「座」において成り立っていました。

俳句は、その流れを受け継いでおり、「句会」という会が開かれます。この句会は、俳句を学ぶ場として、さまざまな意味で優れた面を持っています。

添削指導のような個別の指導は、俳句を学ぶ上でもちろん効果のあるものですが、句会はそれとはまた別の意味で効果的なものです。複数の人が俳句を見せ合い、お互いに句を選んだり感想を述べ合ったりする中で、自分の俳句に対する見方が広がり、理解が深まっていきます。

◆俳句結社に入る

俳句を習う方法はいくつかあります。私の一番のおすすめは、俳句結社に加入することです。「結社」などと言うと〝秘密結社〟などをイメージするかもしれませんが、目的を持った集まりのことで、ここでは句会サークルの組織のことです。

俳句結社の目的の第一は、「俳誌」と呼ばれる俳句誌の定期的発行です。

その俳句誌の構成は、主に以下のとおりです。

①主宰の新作俳句
②投句（会員が投稿した俳句）・投俳文・投随筆・エッセイ
③投句に対する、主宰及び編集人の観賞・講評
④編集人が指定し依頼した特別作品
⑤句会の報告、句会の開催日
⑥その他

俳句誌の代表的な構成は以上ですが、いろいろな結社の俳句誌を拝見すると、十ページくらいのものから、中には二百五十ページを超えるものもあります。また、同人からの投句スペースがほとんどを占め、鑑賞講評はほんの少しで、それも一行句評が多く、編集人が特定依頼した俳文・随筆・エッセイは数ページしかないというような、読んでも何も参考にならない俳句誌もあります。

私が所属している俳句会「白」の句会報には、他の俳誌には見られない特徴があります。句会での一句を紹介するだけでなく、選句結果や、その時の句会や会員の様子などを実況放送的に紹介もしています。

私は何年か前の句会報を読み返したことがありましたが、読んでいてまるで昨日のことのよ

うに思えました。あなたも読まれると、きっと「白」句会に参加しているような気分になるでしょう。真に臨場感があって、読んでいると興奮すると思います。

句会報はまさに、小林恭二氏の言われるように、「緊張と信頼に支えられたコミュニケーション」です。そして句会とは、まさに〝大人の遊び〟であることを実感されると思います。また、小林氏の言われる「真剣に遊んでこそ得られる醍醐味」も味わうことができるでしょう。

俳句結社は全国に九百～千社あり、五、六人の小結社から数十万人の大結社まであります。結社に入会するには会費が必要です。半年以上の会費を前納すれば、誰でも会員になれます。同人会費はだいたい、一年分が一万円～一万五千円くらい。それとは別に、句会出席時に、運営費として一回千円程度徴収する結社もあります。

俳句結社のもう一つの大事な役割は、定期的な句会の開催です。句会の実際については、俳句会「白」の句会の実況放送的なレポートを第七幕で詳細に記しましたので、参考にしてください。

どの俳句結社に入会するかは、実際に結社に入っている知り合いに聞くのが一番です。自分で探すなら、毎年年末に発刊される「俳句年鑑」を見て、検討し、加入を決めましょう。

「俳句年鑑」の内容は、主に以下のとおりです（二〇二一年版）。

①巻頭提言
②年代別二〇二〇年の収穫
③諸家自選五句実力作家六百二十七名
④今年の秀句を振り返る
⑤全国の結社と俳誌の内容　→　結社入会の参考資料になります
⑥全国俳人住所録　→　結社入会の参考資料になります
⑦全国俳句結社の広告が多数掲載　→　結社入会の参考資料になります

二〇二一年版の巻頭提言は井上弘美氏。その中で、

秋ちかき心の寄るや四畳半　　芭蕉

の句と、連句・歌仙と「座」について、わかりやすく解説されていて、さすが一流俳人の説得力は凄いな、と感服いたしました。

あなたも、ご用があっても、急いでいても、二〇二一年版の「俳句年鑑」を是非お読みください。芭蕉の目指した「座」を十分に納得されると思います。

◆俳句教室に通う

全国各地の市や区の役所のカルチャースクール、生涯学習センター。ＮＨＫカルチャー、朝日カルチャーセンターなど、いろいろなカルチャースクールで、俳句教室や句会が開催されています。

また、その教室の卒業生で俳句集団を結成していることが多いのも特徴です。

俳句教室の内容は、大きく分けて三種類あります。

①初心者に、俳句の基礎知識を教える

②俳句の添削指導を主とする

③句会を開催する

いろいろな俳句教室の中から、自分の合った〝まなびや〟を選んでください。

《幕間》山頭火と芭蕉、井泉水、放哉そして緑平

◆松尾芭蕉の『幻住庵記』

つらつら年月の移り来し拙き身の科を思ふに、ある時は仕官懸命の地をうらやみ、一たびは佛籬祖室の扉に入らむとせしも、たどりなき風雲に身をせめ、花鳥に情を労じて、しばらく生涯のはかりごととさへなれば、つひに無能無才にしてこの一筋につながる。（傍点は筆者）

◆荻原井泉水の九州旅行記（『塘下の宿』より）

此日〔昭和五年十一月三日〕、私達〔井泉水一行〕が内の牧駅に着いたのは午後三時頃だった。改札口に近づくと、その内のベンチから立上った雲水姿をした山頭火が果してそこに居た。網代笠と鉄鉢と念珠を手にして、彼は一時間先まで此の町を行乞しつゝこの駅に来たのだった。

私達は直に皆一緒に自動車に乗った。（中略）内の牧の町を忽ち通り過ぎて、山にかかった……。走り着いた処は阿蘇の外輪山の一角だった。

「これ程に、朗らかな大規模な景観は外にあまりあるまい」

私は言った。

「阿蘇を大きく眺めるには、こゝが一番好いのです、遠すぎず、近すぎず」

（中略）

「私は、あの根子岳と中岳との間を越えて歩いてきたのです、あの向うの外輪山が美しいのです、高森といふ所でしたか……」

（中略）

山頭火はさう言った。彼の黒い法衣の裾袖がひらくと風に翻る。（中略）と、眼の前の草原に寒い風に吹かれつゝ歩いてゐる鴉が一羽。

（中略）

私はその一羽の鴉に黒い法衣の旅人、山頭火の姿を感じたのである。

（中略）

へうへうとして水を味ふ　　山頭火

彼はかつて此句を寄せて来た。これが彼の全体的の姿である。

しぐるるや死なないでゐる　　山頭火

彼はこう詠う。

（中略）

ほろほろ酔うて木の葉散る　　山頭火

ほろほろ酔うたのは木の葉か、ほろ〳〵と散るのは山頭火――。木の葉はただに淋しく輝いてをり、山頭火は独り淋しく旅の窓に凭れてゐる。（中略）山頭火には、せめて其嗜む酒を以て、出来るだけ彼の心を暖めてやりたいのだ。行乞の身の彼としては思ふぞんぶんに盃を手にする事も出来ない事だらう。今日こそ本当に、ほろほろと彼を酔はせたいものだ――。大観峯から戻って、自動車を宿の前に着けさせた。先刻、此宿の門口に立った乞食坊主の山頭火は、客席の一人として座敷に通った。彼の鉄鉢に一握りの米を与えた姐さんは、今、彼の盃に徳利を捧げてゐる。酒は酒壺洞が福岡から特に一升壜を提げてきたところの銘酒なのだ。肴には緑平が山頭火に贈るといって齎らした新三浦の水だきも温められてゐる。今夜は大に山頭火を供養しよう、而して大に彼と共に語らうといふのである。

（中略）

山頭火は話すのだ。酒をやめようと思ってゐるけれども、酒はどうしてもやめられない、句もやめようと思った事もあるけれども、句はどうしてもやめられない、さりとて自分に出来る事とて何一つない、今はただ、酒と句とで生きてゐるのだ、と。芭蕉は、「無能無才にしてただ此一筋につながる」と書いてゐる、「それでは無能無才にして此二筋につながるのですな」と云って私は笑った。

（「　」と傍点は筆者）

◆山頭火と放哉（『塘下の宿』より）

夜は更けたが、話は尽きなかった。放哉（大正十五年歿）の話も出た。山頭火は放哉には一度逢ひたかった、ほんたうに惜しい事をしたと云ふ。私もさう思ふ。此二人を一度会はせたかった。而して二人して思う存分に飲んで語らしたかった。放哉が歿した時、其南郷庵の跡に山頭火を住はせたいと私は思って、彼に意嚮を尋ねてやった。其時の返事に、

――「私はただ歩いてをります。歩く、ただ歩く。歩く事其事が一切を解決してくれるやうな気がします……先生の温情に対しては何とも御礼の申上げやうがありません、ただありがたう存じます、然し、悲しいかな私にはまだ落付いて生きるだけの修業が出来てをりません……（後略）」

◆山頭火「私に出来る事」――歩くこと、作ること、呑むこと

山頭火の最大の謎は、43歳のときの転身だ。なぜ僧の出で立ちをして家々を訪ね、経を唱えてお布施や米を分けてもらう行乞の旅に出たのか。「山頭火全集」（春陽堂書店、全11巻）所収の日記から、答えを探ってみよう。

「私は今、私の過去一切を清算しなければならなくなつてゐるのである」

（昭和5年9月14日付『行乞記』）

（「NIKKEI The STYLE」三月二十八日付より）

八月廿七日
私たちは時勢や環境の影響を受けないではゐられないけれど、私たちは肚の底にがつちりしたものを持つてゐなければならない、時代や周囲に順応しつゝ、そして自分自らの道を進まなければならない。
動いて動かない心である。

無芸無能の私に出来る事は二つ、二つしかない。——
歩くこと（自分の足で）
作ること（自分の句を）
私は流浪する外ないのである、詩人として。（昭和十四年八月二十七日付『其中日記』）

◆山頭火を支えた同人

十二月七日
福岡の中州をぶら〳〵歩いてゐると、私はほんたうに時代錯誤的だと思はずにはゐられない、乞食坊主が何をうろ〳〵してると叱られさうな気がする。

すぐれた俳句は——そのなかの僅かばかりをのぞいて——その作者の境涯を知らないでは十分に味はへないと思ふ、前書なしの句といふものはないともいへる、その前書とはその作者の生活である、生活といふ前書のない俳句はありえない、その生活の一部を文字として書き添へたのが、所謂前書である。（昭和五年十二月七日付『行乞記』／傍点は筆者）

注：私はこの山頭火の述べる、「すぐれた俳句は作者の境涯ならびに作られた背景を知らないと深い理解にいたらない」に感化され賛同し、私の生い立ちと職業歴に関してを、詳細に記すことを決心しました（「第十幕　私の生き様」をご覧ください）。

昭和十五年「同人山頭火」で荻原井泉水はこう述べてます。

山頭火は好く人に愛せられた。かれの「わがまま」が其まま、一つの性格として、人に容れられた。ずいぶん、人に迷惑をかけたこともあったらしいが、其ですらも甘受せられた。彼はちと、人にあまえすぎた点さへもある。とにかく、今の世の中に、彼ほどの「わがまま」を通して生きられたといふことは結構なこととも云へる。だが、彼の句は「わがまま」から生まれた句ではなくて、其「わがまま」に対する自嘲乃至反省から生まれたものと見るべき所に、彼の句が彼の魂のうめきとしての力をもつのである。

◆偉大な支え手、木村緑平

山頭火と緑平の関係は特別である。大正七年八月初めて出合った当時、木村緑平は長崎医専を卒業後三井三池鉱業所に勤務する内科医であり大牟田市の借家に住んでいた。緑平は俳号。山頭火は三十八歳、緑平三十二歳。「山頭火追憶」に様子が描かれている。（人見一彦『山頭火の病蹟』より）

山頭火と緑平の関係について、井出逸郎は「山頭火、緑平は現在では同性愛作家といはれる程親密な作家で、それは句の上でも私文の上でもさうなのだ。緑平のうちには山頭火の足あとが一杯だ。山頭火日記などといふ珍品が緑平のうちにある。自分は去年の夏、緑平のうちを訪ねて緑平の人柄に接してみて何ともいはれぬ安らかな気持を得た」と記している。

緑平は、酒にまつわる山頭火の数々の不始末による苦情を聞かされていましたが、本人に一切伝えることなく、物心両面にわたって徹底的に山頭火の面倒を見ました。

それに対して山頭火は、緑平に最高の贈り物をしました。井出氏も述べている、緑平宅に残された『山頭火日記』です。それはとりもなおさず、山頭火から我々への最大の贈り物でもあり、緑平の徹底的な面倒見に感謝、感謝です。

第五幕

執筆の中断

執筆の中断と死生観

小書の記述は、令和二年（二〇二〇）十月頃までは順調に進みましたが、十二月に入って体調が悪化。執筆は遅々として進まなくなり、脳が働くのは一日に二、三時間。その脳の働きも緩慢極まりないという状態で、時間をかけても筆が一行も進まなくなってしまいました。

同じことを何回も書き続ける。

自分が何を書こうとしているのか、わからなくなる。

何も書かないまま寝入る……。

もう書くのをやめてしまおう!!

しかし、自分の気持ちをこのまま伝えずしていいのか……。

体調は今までに経験したこともないほど悪く、何しろ、起きてはいても脳は寝ている状態なのです。着替えにも二、三十分はかかり、情けない思いで愛犬アクトを抱き、泣き寝入る日々でした。

出版には期日の約束がありましたが、それを守ることはもうできないと考え、令和二年十二月七日、文芸社の担当者さんへ連絡しました。すると、こんな時でもあるので（コロナ禍のこと）、体調が良くなるまで時間がかかってもいいという温かいお言葉。期日の延長に関しては、念書まで入れてもらいました。担当者さんには、心から感謝申し上げる次第です。

しかし、私の現実は悲惨でした。

体調は回復せず、一日のうち、執筆活動ができるのは相変わらず二、三時間。遅々として筆が進まず、この時、自分は死ぬのだと観念もいたしました。

でも、あと半年くらいは生きられるのでは？　それならばこれからの半年間、いかに有意義に生きるかを考えようと思いました。

そんな折、多摩大学大学院名誉教授、田坂広志先生の講演会を拝聴する機会がありました。先生の言われた、人生における三つの真実。

「人は必ず死ぬ」
「人はいつ死ぬかわからない」
「人生は一度しかない」

これを聞き、そうだ、この一瞬を精一杯生きよう。自分の人生や時間を大切にしよう。そう思ったのです。

そして、これを構えた上で、死生観が必要です。自分が自分となるには、「死生観を定める」ことが大切なのです。私は今回、「死ぬ」と観念して初めて、死生観を定めることができるようになるのだと感じました。

最初は悲嘆に暮れているばかりでした。けれど、自分が生きた証、存在感を、ほんの少しでも残したいという気持ちが生まれてきました。そうすることによって、自分にとって何がもっとも大事なことだったかわかるからです。

そして何より必要なことは、心の安らぎです。そして、その心の安らぎは、自分のこれまでの生きた証を残すことによって得られるのです。

だから、この半年間で、どんなことがあっても本を書き上げようと決めました。それが私の使命であり、死をかける価値があるのです。

山頭火・茅舎・子規

前項のように考えた時、「前口上」でも述べましたが、日経新聞「NIKKEI The STYLE」の令和三年（二〇二一）三月二十八日付の三ページにわたる種田山頭火の記事「放浪の俳人・山頭火の日記をたどる」が目に入ったのです（一〇四〜一〇五頁参照）。

コロナ禍での第3次ブームを予感させるのは、生誕の地、防府市の山頭火ふるさと館が実施した今年度の第3回山頭火ふるさと館自由律俳句大会の応募総数だ。一般の部、子どもの部を合わせると4199句にのぼり、前年度に比べほぼ2倍の増え方だ。

（中略）

型破りな生き方から、型にとらわれない句を生み出した山頭火の文学が、このコロナ禍で窮屈な暮らしに追い込まれている人々の心に分け入っているように感じられる。

山頭火は、荻原井泉水が主宰する「層雲」で三十代の頃に頭角を現しました。同じく「層雲」の同人である尾崎放哉と共に、自由律俳句の代表として並び称されています。

しかし、山頭火も放哉も酒癖がとても悪く、生活もままならなくなり、師である井泉水や彼らを支持する人たちの援助を得て、ようやく暮らしを立てていました。

分け入っても分け入っても青い山　山頭火

続いて、同じく日経新聞「NIKKEI The STYLE」の同年四月十一日、十八日の二週連続の特集記事「川端龍子・茅舎の芸術　写真を超えたリアリズム」「川端龍子・茅舎の芸術　仏への信仰心、森羅万象に重ねる」です。以下、その一部を転載させていただきます。

父の影響もあって、信仰心もあつい。震災によって「無一物になることが出来、自在人に近くなれた」と京都・東福寺の塔頭で画業と句作に励んだ。人の生き死にを目の当たりにしたためか、その句は仏教の色濃いものになる。「ホトトギス」の俳人たちが当初、茅舎が寺の僧侶と勘違いしたほどだ。

ぜんまいののの字ばかりの寂光土

いつしか「茅舎浄土」といわれるようになった俳句の境地――。俳人の野見山朱鳥(あすか)は「現実をうたいながら現実を離れて清純な高い世界をなす作品をこれくらい単的に言い切つた語はあるまい」と評する。広々とした春の野原。伸び出た「の」の字形のぜんまいの芽にやわらかい日がそそぐ。そののどかで愛らしい景色が、「寂光土」の一語によって、瞬時に静まりかえる。寂光土は仏のすむ極楽浄土の意。最も愛唱される茅舎の句といっていい。

日本画家の川端龍子を異母兄に持つ茅舎は、自分も画家を志して岸田劉生に師事しましたが、結核などを患い、また岸田が亡くなってしまったこともあって、画家の道を断念。以前から俳句雑誌に投句を続けていたことから、俳句に専念するようになります。そして、高浜虚子に師事し、「ホトトギス」の同人となりました。

茅舎は「～のごとく」という比喩を使った句を多く作りましたが、茅舎と同時期に「ホトトギス」で活躍していて、茅舎とは親友でもあった松本たかしも、同じく「ごとく」の句を多く作っています。松本たかしは能楽師の家に生まれ、幼い頃から能の修業を続けていましたが、十代で肺病にかかり、能の道を断念せざるをえなくなって俳句の道に入ったという点が、茅舎ととてもよく似ています。また、他の点でも作風が似通っている二人なので、「句兄弟」と呼ばれていました。

そして、私は思い出しました。日経新聞「NIKKEI The STYLE」令和二年（二〇二〇）八月十四日付の日経新聞の三ページにわたる、正岡子規の特集記事「正岡子規　死の床でたどり着いた『生きる意味』とは」です。以下、引用です。

死の1年前から書き始めた日記「仰臥漫録」などの行間からは、死が近づくにつれ、「暗」から

「明」への死生観の変化が読み取れる。
「暗」あの世で古白が呼んでいる
「明」今を楽しむ境地に至る

この三件の特集記事に、私は自分の病との因果関係を感じ、雷に打たれたような衝撃を受け、涙しました。

俳句には、深刻なことでも軽くはっきりと表現する力があります。

新聞記事を繰り返し繰り返し読んで、勇気が出てきました。

俳句は生きる力になるのです。

私の身辺の境涯俳人

戦前の結核診療所で、石田波郷の俳句を入院仲間と読み合った療養俳人として、私の所属している「白」俳句会の創立者、有冨光英は次のように語っています（『草田男・波郷・楸邨——人間探求派』より）。

ここで筆者自身のことについて書くのをお許しいただきたい。実は波郷が入院して手術を受けたちょうどその頃、正確にいうと昭和二十四年から二十六年まで丸二年間、同病で入院し手術を受けた。筆者の場合は左肋骨六本切除でやはり二回にわたった。大学在学中でもちろんまだ独身だった。俳句を覚えはじめた頃だったので、それに多少ものを書いていたので、読書勉強の好機と内心で思っていた。ところが手術前の不安と、術後の苦痛は想像を絶した。そんなとき俳句好きの患者が「胸形変」をどこからか手に入れ、ガリ版の手製で筆写して配ってくれた。むさぼるようにして読んだのを覚えている。特に《たばしるや鵙叫喚す胸形変》の句を読んだときは、麻酔がよく効かなかったのか、骨を折る音が聞こえ激痛が全身を走ったのをまざまざと思いだした。「胸形変」は聖典であった。そして作者の波郷は聖人のように思われた。筆者はこの本で人生の取り組み方を教えられた。病気などに負けてたまるかという気がふしぎに湧いてきたのであった。

なお、同書のあとがきの一部は、第一幕内の「病気療養中の方への俳句の効果」に前述しましたのでご参照ください。

また、私が「白」に在籍した時に共に学んだ有馬英子さんが、境涯俳人であるということも知りました。「白」の三木句会報に、その生い立ちから現在までを詳細に語っています。それによると、彼女は二〇〇一年に第一句集『深海魚』を出版。二〇一九年四月には第二句集『火を抱いて』を出版しました。

火を抱いて獣を抱いて山眠る　英子

山のどこかに決して眠らない火がある。だが山全体はおだやかである――。この句には、仰ぎ見るような迫力を感じます。

この世は私が母を産む無月　英子

作者は体が不自由なため、母にはなみなみならぬ苦労をかけたと思います。その苦労にむくいるための行為。無月の季語が効いていますね。

落椿くるり源氏に寝返りぬ　英子

この句は実に艶気に満ちています。光源氏と同衾したのは誰？　落椿の季語が絶妙です。私も句会でしばしばこの句のような艶気の句を発表していますが、評価がいつも低いので、英子さんのこの句に接して目が覚めました。目から鱗です。

英子さんは私より一歳上の昭和十三年生まれ。見習って頑張らなければいけません。

彼女は「白」の湯島句会に毎回欠かさず出句されていますが、私は直接お会いしたことはありません。でも、掲句を通じて、お人柄は十分にわかります。

《幕間》戎吾の俳号物語

私の俳号「戎吾」の由来は、以下に依ります。

①本籍地が新潟県両津市大字夷(えびす)

「戎夷(じゅうい)」。「戎(えびす)」は中国では西方の異民族のことで、「夷(えびす)」は東方の異民族のこと。日本では田舎、田舎人、荒々しい武士の意味。吾は田舎侍なり。野蛮に戦えり。

②出生が大阪府豊中南刀根山

「戎」という字は関東では馴染みのない字ですが、関西では西宮神社の「十日戎(とおかえびす)」や、今宮戎神社が有名です。また、道頓堀の劇場街横の戎橋と、それに続く繁華街の戎橋筋も有名。

③私の先祖は、大阪の湊で両替商を営んでいたが、慶長年間に佐渡に渡って両津町夷で両替商を。屋号は松本屋。その時の証文を、私の父は後生大事に部屋に飾ってあったが、今はどこかに紛れ込んでしまって見つかりません。父は先祖代々の系図を調べ、自分が両替商の星野藤右衛門十四代と記した。第七代藤右衛門は名主としての業績により、星野の姓と帯刀を許された。すると私は十五代になるのでしょうか。と言っても、引き継ぐ財産は皆無で、何の面白みもありません。南無阿弥陀仏！

第六幕

「白」俳句会に入会

入会の経緯と「白」の紹介

俳句を始めて五年目に、私の俳句人生は大きな転換期を迎えました。それは、「白」という俳句会に入会したことです。

平成二十五年（二〇一三）秋に「はみだし会」[注1]で、茨城県の袋田の滝と天空山荘「庄の家」に旅行した折、同行の日野さんより「白」俳句会への入会を勧められました。けれど私は、その時に活動していた俳句集団「百千鳥」だけで精一杯。他の句会に参加する余裕はないので……とお断りするも、妥協案として、「百千鳥の出句とダブっても構わない」とのこと。さすれば、二句ほど多くなるだけですみます。

その上、「白」の主宰で同人代表の加藤光樹さんは、私が株式会社日立ハイテク（当時は日製産業株式会社。以下、H社）に入社して最初の配属の物資建材課での上司であり、直接、新人教育・指導を受けた関係なのです。同人にはH社のOBが多く、男女比率は半々などの諸事情を考慮して、入会を決意しました。

注1：「はみだし会」とは、H社とその関連会社社員の親睦会の名称。昭和五十二年から続く、ゴルフと昼の蕎麦と旨い夕食と露天風呂を楽しむ会です。私はH社の燃料課時代の上司、菅

野さんに声をかけていただき、昭和五十二年五月十三日の第一回目より参加させてもらっています。会員は十二名。最近は会員の高齢化により、ゴルフ・露天風呂はなし。令和二年（二〇二〇）、甲府旅行を実施できれば、四十三年目、四十三回目の会合になる予定でした。しかし、コロナ禍の影響により実現できない状態です。

俳句会「白」は、昭和五十三年、有富光英氏が東京で創刊。師系は宇田零雨。象徴性を目指し、個性発揮、新味追求、表意率直を旨としています。

有富光英氏は、大正十四年十月十八日生まれ。昭和二十四年「草くき」に入会し、宇田零雨に師事。昭和四十八年「四季」（松澤昭主宰）に入会。そして昭和五十三年「あいうえお」（改称して「白こ）創刊。現在、俳句協会会員、俳人協会会員、東京都現代俳句協会幹事、「四季」理事同人、「白」主宰。著書は、『句集　市井偬』『句集　日輪』『句集　琥珀』『俳句辞典鑑賞（共著）』他。

私が「白」に在籍していた時には知りませんでしたが、有富光英氏は療養俳人でした。昭和二十四年、国立習志野病院に入院していた時に、石田波郷の作品集『胸形変』の手製筆写のガリ版を入院仲間より配られ、むさぼるように読んで病を克服したと、氏の著書『草田男・波郷・楸邨　──人間探求派』を読んで知りました。

〈「白」の会誌「白日集」編集者紹介〉

加藤光樹：主宰。代表同人。H社入社。宇咲冬男に入門。現代俳句協会入門。NHK学園俳句通信講座添削講師。有冨光英氏の遺志により「白」代表同人になる。平成二十七年（二〇一五）、現代俳句協会総会において最後の監査報告をはたす。

かわにし雄策：「白日集」編集人。H社入社。多摩地区現代俳句協会大会で入賞。新俳句人連盟賞一位。著書に『戴天一句集』。

大西恵：「白日集」編集人。東京多摩地区現代俳句協会の俳句大会で入賞。伊藤園「お～いお茶」新俳句で特別賞を受賞。

山戸則江：「白日集」編集人。第二十五回現代俳句協会新人賞を受賞。平成九年（一九九七）に「白」入会。

関根瞬泡：私とはW大学の同期生で、H社でも同期生。「白日集」の「『白』まるごと鑑賞」の選者。著書に『芥川　鑑賞文・俳句』『一沙鷗』『筑波単身日記』。

「白」俳句会での私の交友録

◆「白」同人代表・加藤光樹さん

人物紹介は前出のとおりです。
加藤氏は、「白」創立者の有冨氏について、こう語っています。

羅（うすもの）やなまけごころを大事にす

恩師有冨光英の晩年（平成十一年）の作品。最後の句集となった「華景」の最終頁の一句である。「俳句は抒情詩」を標榜し、結社「白」を創立して「象徴性ある俳句」を追求し続けた師は、自句自解の文で「なまけごころ」を文字通りの「怠け」と読んだ人は批判的であり、一心象の「ゆとり」と解した人と二分したと述べ、両者を共に受け入れながら、「自分はなまけごころも平常心の中に秘めて置きたい」と本音を洩らしている。
お付き合いは約三十年に及んだが、私が直接指導を受けた晩年の数年はもどかしい弟子と思われていたに違いない。その間に肝に銘じたのは「自分の心の動きを詠め」という簡単で至難な教えだった。「平常心の中に秘めて置きたいなまけごころ」という文に接した時、「大事に」とはまさにこのことだと、今は亡き師の言葉を思いおこした次第。

加藤代表の、戎吾句に対する講評は以下のとおりです（「戎吾」は筆者の俳号）。

悪筆の勲章として賀状書く

宛名までもプリンターにお任せの昨今の中で、手書きの数行は実に心温まるものがある。「悪筆」という人ほど個性的で存在感があり、親しみ深いものがある。まさに「勲章」に値する。

帰り掛け目と目が合ひて先ず麦酒

用事を終えた夕方の「帰り掛け」に、駅前などで親友と「目と目が」合って、久しぶりに飲みながら話がしたいと気持ちが通じれば「先ず麦酒」ということになる。グラスや猪口をかたむけながら語らいの時を過ごしたのだろう。

早朝の影日々に濃し夏木立

初夏になると草木の成長は目覚しいものがあり、若葉は成長して木々の間を埋め、色濃くなってくるのが朝日に映えると特に濃く感じられる。私も安曇野で実感してきたばかりの一週間の変化が目裏に浮かんできた。

我よりも長き影連れ冬の庭

「我よりも長き影」となると、早朝か日没直前。「庭」の草木の状況チェックや手入れの段取りか、何れにしても現役時代と違って余裕のある悠々自適の暮らしの中のひと時、春からの芽吹きを思い描く楽しみも……。

秋耕や天まで届け鍬の音

久し振りに訪ねた故郷を詠まれた一連の句。「秋耕」は収穫を終えた後の来年への想いを込めた農作業であり、末永く続くであろうその音が天国の知人、広くは故郷に農業を残した先祖へも「届け」と詠まれたように思う。

春疾風鳥鳴き渡る片男波

「春疾風」は暖気を運ぶ南からの強風で、雪国では雪崩、海では海難事故を起こしたりの暴れ者。「片男波」はその海の高波のことで、山部赤人の和歌の一節「潟をなみ葦辺をさして」の文字を替えて作られた言葉とか……。

◆三徳さん

三徳さんは、私がH社に入社した時の人事課長だった人です。H社唯一の東大出身者で、いかにも秀才タイプの細身の紳士。私が入社三年目の頃、出張精算の件で、国分さんから直々の呼び出しがありました。九州出張の折、実際は飛行機を使ったのに鉄道で行ったことに書き替えていたのを失念し、保留しておいた精算書をそのまま提出してしまったのです。私が釈明すると、「よし、わかった」と無罪放免。評判に反して、豪放磊落な人だと感じました。

「白」の句会に参加して初めて国分さんに挨拶をした時、数十年ぶりだったので、まったく別人かと思いました。以前の細身で色白の面影はなく、顔色は浅黒く、体型はガッシリとした筋肉質。聞けば、俳句も素晴らしいけれど、ゴルフの腕前も相当のものとのこと。「白」では師範代的存在で、反省会（二次会）の代表。ユーモア俳句が抜群。愉快な面白い句が、句会の項で出てきます。

以下は、三徳さんが「私の好きな句」に選んでくださった一句と、その講評です。

亀鳴けりあの世は有ると言われしが

私たちは物心ついていつの頃からか「あの世」という言葉を知ることになります。生と死という対比で「死」というのは何か暗くて怖い感じですが「あの世」というと何か生活の場があるようで、少し気楽な感じがします。

　霊能者といわれてテレビでも出演していた人が亡くなって「あの世」から何かを発信してきたという話を聞いたことがありません。「あの世」って本当に有るのでしょうか、無いのでしょうか。

　あるお寺の住職さんが「生が終わったらその後に死がやってきて、ずっと死が続いていくと一般に思われているが、生と死は裏表の関係で、生が終わると同時に死も終わる。その後は無なんです」と言っておられました。宗教や哲学の話はなかなか難しい。「あの世」は天国と地獄になっているのでしょうか。なんらかの生活が営まれているのなら、それなりに適応して生活していけそうにも思えます。天国語とか地獄語とかあると面白いですね。「この世」でも海外へ移住するとなると色々不安がありますからあの世ともなれば諸事万端にわたり大変でしょうね。

　掲句に戻ると未だかって誰も認知出来ていない所、宇宙の果てのその先かも知れない「あの世」への不安を亀鳴けりという季語と上手く絡めて面白い句です。

　そして、次は逆に私が「私の好きな句」に選んだ三徳さんの一句と、その評です。

　暗闇は目目目目目目目大花火　　三徳

今夏、鎌倉花火大会に孫を連れて夫婦で出かけました。暗くなり始めた頃、宿を出て数分で会場に到着。会場の海岸の群集の多さに唖然。それも若いカップル、若者の集団の多い事。今や花火は老人の物ではなく、若者の楽しみの場になる。

この花火の掲句を読み、鎌倉の花火の光景がパーッと拡がりました。作者は鳥になり大地を俯瞰し、花火とその真逆の暗闇の砂浜を対比させる。

その暗闇より、目だけ大空に向かって輝いている。その夥しい人々を、目を七つ重ねることにより、大多数の群集を表記。発想は如何にも、作者らしい素晴しい一句。

◆関根瞬泡さん

人物紹介は前出のとおりです。

彼は有冨光英氏の友人で、俳人の宇咲冬男氏に紹介されて「白」に参加するようになりました。十数年前から「白」会誌内の「『白』まるごと鑑賞」を担当し、現在に至っています。しかし、句会には一席も出席せずで、私とは大学でもH社でも同期生だったのに、「白」では一度も会ったことがありません。彼の著書の一つに、平成二十二年（二〇一〇）に上梓された『芥川　鑑賞文・俳句』（そうぶん社）があります。二〇〇五年から二〇一〇年までの約五年間に、「白」会誌のために書かれた鑑賞文、エッセイ、そしてご自身の俳句などが掲載されています。

以下は、会誌内の「『白』まるごと鑑賞」のコーナーで、私の句を瞬泡さんが鑑賞してくれたものです。

田舎寺撞かずの鐘や秋の暮

昔は撞いていたのでしょうが、今では過疎になって、撞かなくなってしまった。その鐘が秋の暮れのくらがりに、さびしそうにぶらさがっている。句全体にみなぎる雰囲気が「秋の暮れ」という季語にぴったりですね。私は更に一歩進めて、次のようにしたいと思います。「暮秋や撞かずの鐘の田舎寺」。

青空を独り占めする懸大根

「大根干す」というのは冬の季語だが、確かに冬晴れの澄み切った青空に干してある大根の風景は、あたかも干し大根が青空を独り占めしているように見えますね。そのあたりの雰囲気をこの句はよくとらえていらっしゃる。ここは「独り占めする」という説明調の表現は改め、次のようにしてみてはいかがでしょうか。「青空を独り占めして懸大根」。

父母の亡き故郷は遠し盆提灯

そうですね。毎年、お盆を迎えると故郷へ行こうかな、と思うのだが、父母が亡くなると、人も変わり雰囲気も変わって、だんだんと疎遠になってくる。

夏山を独り占めして野天風呂

山奥の温泉地で野天風呂に入っていると、山が間近に迫っていて、あたかもそれを独り占めしているような気分になる。それも、この句では夏山なので余計目にあざやかだ。

雲一朶テトラポッドの海余寒

最近の海岸線はテトラポッドでかためられているところが殆どだ。この句における光景では、その海岸線に一朶の雲がかかっている。そして、あたりはまだかなり寒い。それを見る作者の思いとは？

◆高穂さん

香川大学卒業後、H社に入社し、私とは燃料部署で一緒でした。「はみだし会」会員。宮崎県出身なので、俳号は高穂。私を「白」俳句会に参加させた人です。ユニークな俳句、ユーモア俳句、特にトルコや北欧の俳句は秀作。

吟行の報告

――「白」で実施した計画と内容

◆高穂さんの計画

〈吟行会案内〉
日　時　十一月九日（日）午前十時半～午後六時半
場　所　話題のパワースポット流山本町散策と一茶双樹記念館での句会
会　費　三千円（交通費、昼食は各自負担）
次　第　①集合　流鉄平和台駅改札口十時半
②流山ボランティアガイドの会による説明散策（十二時まで）
赤城神社―光明院―一茶双樹記念館―味醂工場―近藤勇陣屋跡―富士塚等
③昼食（十二時～十三時）
由緒ある店をご案内します
④句会　史跡一茶双樹記念館にて（十三時～十六時）
小一時間、句作の時間を取ります

十四時から句会となります

⑤反省会　十七時から馬橋駅東口の「はなの舞」にて

⑥解散　十八時三十分

◆二〇一四年十一月「白」流山合同吟行報告

以下は、会誌に掲載された高穂さんによる吟行の報告です。

十一月九日（日）流山吟行が無事終了しホッとしてくつろいでいると雄策幹事長よりメールあり、「お疲れ様、句会の纏めはやるので紀行文を書いてください」と。とりあえず了解の返信しました。

さて、紀行文とはなんぞや？「白」の本をかたっぱしからめくって前例を調べたが六年間どこにもない。辞書を引いてみると「旅行中の出来事、見聞、感想などを記したもの。旅日記。道中記」とあります。要するに吟行に関係することを何やかやと書けばよいと理解しました。

①流山ガイドの会始末

二か月前にガイドの会に登録した。人数は二十から四十名。会長曰く、「君の顔を立ててうちの精鋭十人つけてやろう」「お願いします」

②吟行ガイドのルートの確立

年寄や足弱のため中休みの必要があります。（新撰組、閻魔堂、富士塚等）地区を見て昼食で中休み（赤城神社から一茶双樹記念館）にて十三時三十分頃には会場に入る。終了は遅くとも十六時三十分。

朝の集合は十時三十分。これより早いと集まれない。食事は「日本」の八〇〇円弁当で行く。

③紀行

吟行は馬橋駅発の流鉄流山線全長五・七キロ（日本で三番目に短い）で、既に始まっている。鉄道マニアには垂涎ものだそうだ。平和台駅下車、総員十名（天一さんは句会から参加）。

流れ行く流山線冬の景　雪雫

予定外の雪雫さん、うさぎさんの参加が嬉しかった。まず向かったのは万上味醂工場。鉄道唱歌に〝みりんで名高き流山～♪〟

雁一列に渡り来る味醂里　恵津子

庚申塔では三戸の話に〝ふ～ん〟

庚申や夜長を語り祈りしか　泰仙

新撰組陣屋跡では近藤勇の末路に涙して

賊軍の帰る道筋柿たわわ　則江

晩秋や猛けし勇の陣屋跡　あやを

閻魔堂と流山の醸造屋の放蕩息子金市様の話

二枚舌閻魔に抜かれ日本鍋　三徳

千葉県の教育の始まり常与寺を経て浅間神社富士塚へ流山の隆盛を彷彿させるを見て感嘆。颯爽と登り見栄を切る男あり。

富士塚へ男颯爽登って冬　順子

富士塚のてっぺん燃えて草紅葉　雄策

ここで昼食のため食堂「日本」へ。ビール半額とのことで六人注文する。勢い付いて熱燗も追加有り。碧さんの口ずさみを聞いて

天晴れや万上一致の新走り　うさぎ

ゆっくりしすぎて光明寺―赤城神社の説明を慌しく聞く。

味醂屋の双樹栄えて実南天　天一

おらが秋お楽しみはこれからだ　遊子

そしてようやく一茶双樹記念館に到着。金持ちの兄貴が貧乏な弟を支援した関係であり一茶は流山双樹邸を足場にして活躍したのだ。

白椿砂踏む音も清々と　碧

吟行会たけなわ流山初冬　恵

十六時三十分、句会終了。反省会のため八人が馬橋「はなの舞」へ

熱燗や後は閻魔にまかすなり　高穂

そして解散　十九時三十分

なお、可見さん、遊子さん、英子さん、あやをさん、恵さんから欠席投句を頂きました。皆さま、お疲れさまでした。（高穂・報）
なお、星野戎吾は当日、「はみだし会」と重複のため流山吟行会は欠席。

◆故・飛雲さん

「白」俳句会のメンバー飛雲君が、令和三年（二〇二一）十一月に亡くなりました。

H社同期の堀江君は、多摩プラーザで行われたお通夜に、同じく同期の小手川君と行ったと連絡をもらいました。私は体調不良で欠席。

飛雲君は、昭和四十年（一九六五）にH社に入社し、私の二年後輩で、若い時にH社内のW大学同窓会で何度か会ったことがあります。

彼は「白」の当初からのメンバーとして活躍し、俳句だけでなく、組み木絵作家、その他の活動で多芸の人でした。組み木絵の生みの親、中村道雄氏の一番弟子を名乗るだけに、素晴らしい組み木絵を作っておられました。

日立ハイテク美術会展の常連でもあり、毎回出品していました。「狙われた兵器廠」「見返りパグ」等、素晴らしい作品を多く残しました。同じく同期の野崎君も毎回出品していたので、私は何年か前から、この美術展には、同期の堀江君に誘われて出向いていました。

その時、必ず飛雲君が会場にいたのですが、最初に会場で彼と会った時は、私はその人が飛雲君だとは気づきませんでした。しかし、堀江君と彼があまりにも親しく話しているのでわかった次第。聞けば、二人はアメリカ駐在時代に仕事でも付き合いがあり、私的にもずっと交流があったとのこと。また、同期の小手川君が本部長で、飛雲君が部長だったという関係でもありました。

小手川君、堀江君、野崎君とは、私がH社を退社しても、お付き合いは続いています。私が常務取締役をしていた、ゆしま扇の新宿NSビル「てんてん亭」を常時、利用してもらっていました。そして、例年ゴルフや旅行に行っていましたが、数年前から私が体調不良でゴルフができなくなったので、会食のみということが多くなりました。

会場は、新橋の「新橋亭」が多く、たまに「みやび本店」。本年度も会合をすることが決定していたのですが、コロナ禍のため、大事をとって中止とし、同じ理由で日立ハイテク美術会展も中止となったようです。

私が初めて「白」に参加した時、飛雲君はメンバーとしてすでにいました。その頃、彼はバイオリニストの彼女と再婚の直前で、句会の二次会でそのアツアツぶりを女性陣の前で赤裸々に話し、キャーキャー言わせていました。そして帰りがけ、飛雲君は彼女の家に行くと言って、「なにしろ通い婚なので」と、嬉しそうな顔で別れたのが、昨日のことのように思えます。

◆故・あやをさん

「白」俳句会でご一緒していたあやをさんが、令和元年（二〇一九）七月にお亡くなりになりました。

私より十歳も年長にもかかわらず、大変お元気でした。

平成十八年（二〇〇六）に出版された句集『余白』では、余白の言葉を好んで使われました。ユーモア溢れる句が多く、色っぽい句も多く、社会を見つめる句もあり、いつも句会を盛り上げてくださいました。

現代俳句協会にも積極的に参加、各種大会でも受賞されています。

平成二十七年（二〇一五）第十七回大会の国際俳句交流会受賞の句。

少しずつ空を動かす鰯雲

平成二十六年（二〇一四）現代俳句協会主催の上野公園の吟行句会第一位受賞の句。

遠い眼でキリンが秋を食んでいる

第七幕

実況放送的な句会のレポート

「白」の句会の方法

まずは、「白」俳句会で行われている「句会」のやり方をご説明します。

出題：兼題、席題はなし。
出句：当季雑詠四句を、句会の一週間前に代表にメールする。
清記：代表がパソコンにて清記し、当日、人数分を持参する。
選句：同人は四句を選び、そのうち一句を特撰とする。
披講：披講なし（句の読み上げはしない）。誰がどの句に入れたかを発表する。総点数が判明する。
講評：通常、第一席作品から始めるが、話題作から始めることもある。各作品につき、全員が意見を述べ合い、出尽くしたところで、同人代表が作者を尋ね、作者が名乗る。参加者が少ない時は、全句講評することもあり。

私は、高穂さんのご尽力で諸手続きを済ませ、平成二十五年（二〇一三）十二月度より「白」の句会に参加することにし、十二月二十五日、地下鉄千代田線の湯島駅で高穂さんと待ち合わせ、会場に向かいました。

会場は、現代俳句協会の図書室。会は俳句会「白」の湯島句会です。「白」には他に、浜風句会、清明句会、白樺会、三木句会などがあります。

では、次項から、その「句会」の実況放送的レポートをお送りします。

「白」湯島句会の実況放送的レポート

◆平成二十五年十二月度句会

出席者十四名。出句者二十五名。出句は全部で百句。私、戎吾は初参加の挨拶をしました。選句、披講まで終了し、講評に移りました。

〈講評〉

今回は、星野戎吾さんが初参加してくださいました。高穂さんのご紹介です。これからもよろしくお願いします。

さて、トップは碧さん。

長針も短針もないたぶん冬　　碧

句会当日も、欠席の方の選が入ってからも揺るがず十六点とあいなりました。長針も短針もないって？　時計が壊れてるとか、長針と短針がちょうど重なっているとか、いろいろな声がありましたが、よくわかりません。よくわからないけれど高得点。しかも特撰四つ！　下五の「たぶん冬」というところが特にいいな〜。

お次は、初参加の戎吾さんが堂々の十点。

日記果つ記したることに嘘もあり　戎吾

特撰が二つ。そうですよね〜、日記でも手帳でも本当のことばかりでなくて、見栄からくる嘘とか、書いたりしますよね。自分だけの日記でありながら、もしかしたら誰かの目に触れてしまうことがあるかもしれないし、都合の悪いことは、ちょっとごまかしておこうかと思って。書かないでおいてもよさそうなところですが、そこが妙に正直だったりして。（恵・記）

八点句が二句。

十二月直線上に鬼がいる　三徳

ここで言う「鬼」とは、「十二月の直線上」とは、いったいなんぞや？　と話題になりました。直線というのはわかる感じがしますよね。十二月は、一年という直線の終わりの部分。その直線を伸ばしていくと鬼がいる（待っている？）のですね。

赤紙が来てハッとする寒夜かな　翔

この「赤紙」をかつての「赤紙」と考えると、当たり前な気がするかもしれませんが、これは現在のこと、これから数年後に実際に起こるかもしれないことなのです。戦争のできる国にしたい人が上にいる国、収束しない原発の作業員がどんどん減っていく現実。おそらくそれは別の名前で誕生するのでしょうけれど。そのときになってから「しまった！」と思っても、後の祭りなのです。

八十路の句が二句ありました。「眼光は八十路にあらずおでん煮え」（飛雲さん）と「八十路来て恋路を探す年の暮れ」（あやをさん）。どちらも元気な八十路を詠んでいるところがいいですね！

「降る雪やあれは山鹿の陣太鼓」（高穂さん）。これは、赤穂浪士の討ち入りのことなのですね。「あれは山鹿の陣太鼓」って、どうも言葉の調子がいいなー、って思ったんですよね。

みなさん、いつもながら工夫されていて素敵です。私もガンバラナクチャ。（恵・報）

〈戎吾のひとりごと〉

「白」の主宰の加藤光樹さんは、現代俳句協会の役員を歴任しました。「白」同人たちも、現代俳句協会に所属している人が多数で、第二十五回現代俳句協会新人賞受賞者、その他、同人の大多数の方々が、現代俳句協会の本部大会、各地の俳句大会で優勝、二席、三席、特別賞をもらっています。

そんな大手俳句協会の句会に参加することは初めての経験であり、点をもらえるのだろうか、段違いのレベルになってしまうのではないか、と心配していました。それが、当日の出句百句、その中で二席とは、良い意味での青天の霹靂であります。「百千鳥」の出句と重複しても良いというハンディがあるにしても、上出来と感じました。

この当時、私は俳句歴五年でしたが、大手俳句結社でもやれるのかと、ホッと胸をなでおろしました。

句会終了後は、希望者による会場近くの中華飯店での反省会。この日は私も含めて十名が参加しました。いろいろと話題は尽きず、楽しいうちにお開きとなりました。この反省会は、句会とは雰囲気が違い、自由闊達に議論できることが貴重だと思いました。

◆平成二十六年一月度句会

今回の一席は英子さん。

冬の陽を一人占めして尾が伸びる　英子

今回のトップは英子さんの「冬の陽を一人占めして尾が伸びる」でした。十一点でしたが、欠席の方の選が入れば、きっともっと増えると思われます。常に暖かくて気持ちの良い場所を知っている猫のことかな？　という声もありましたが、人間のことですね。冬の陽がとっても暖かくて気持ちがよくって、隠していた（？）尻尾が伸びてしまう、そんな感じがよく出ているところが人気だったと思います。特選二つ獲得です。

次いで、久しぶりに参加の薫さん。

百才の夢は整形福笑い　　薫

次いで、久々にいらした薫さんの「百才の夢は整形福笑い」。「整形」と「福笑い」の組み合わせは意外な感じがしますが、ナルホド、とも思えますね。「百才くらいになったら、今はやりのプチ整形でもいいからしてみたいわ」と言った感じでしょうか？「整形したら福笑いみたいになっちゃうかも」という、どなたかの声に爆笑です。

今回も楽しい句がありました。

添い寝などしてならない嫁が君　　三徳

印刷の門松並ぶおらが町　　えつ子

宝船目覚めし時は枕なし　　宗翠

「添寝などしてはならない嫁が君」（三徳さん）。「嫁が君」は正月三が日の鼠の異称。季語ではあるけれど、本当の「お嫁さん（妻）」を想像もさせるところが面白いですね。

「印刷の門松並ぶおらが街」（えつ子さん）。ふつうは、お正月くらい景気よく門松をどんと据えよう、とするところですが、商店街などでは門松の絵に「新年は〇〇日より営業」と印刷したものを貼っているところがほとんどですよね。

「宝船目覚めしときは枕なし」（宗翠さん）。良い初夢を見るために、枕の下に宝船の絵を入れておくといいと言います。良い初夢を見られなかったと思ったら、寝相が悪かったのを、枕がなかったと、枕のせいにしているようなところが楽しいです。

「わびさびにかるみと来しか悴みぬ」（あやをさん）。これも、ふふふと思ってしまいますね。

「わび・さび・かるみ」なんて言って筆をとってみても寒さには勝てません。

◆平成二十六年二月度句会

今回の一席は遊子さんで十三点でした。

交差点春の歩幅で渡りきる　　遊子

今回のトップは遊子さんの「交差点春の歩幅で渡りきる」で十三点でした。「春の歩幅」が注目を集めたようです。どのくらいの歩幅なのでしょうね。夏の歩幅、秋の歩幅、冬の歩幅と考えていくと、見えてきそうです。ゆったりと軽やかに、でしょうか。

雪積もり街は無口になってゆく　英子

次いで「雪積もり街は無口になってゆく」の英子さんが九点。今年の二月は関東も大雪となりました。どんどん降り積もっていく雪に、大雪に慣れていない街も大人たちも無口になっていきました。

高穂さんの「熱燗を良薬にして古稀招く」は、呑み助（！）の高穂さんならでは。あれ、でも、古稀でした？「日本酒は、米で育った日本人に合った酒だ」と以前聞いたことがあります。それでも、高穂さんどうぞ適量で。

六点もお二人。三徳さんの「梅一輪一輪ほどの男かな」は、服部嵐雪の「〜一輪ほどの暖かさ」の句がすぐに浮かぶので、この「男」は温かさを持つ男性というイメージになりますね。道彦さんの「『例のやつ』それで通じるおでんかな」。これもよくわかりますね。おでんの大根？　はんぺん？　なんでしょうね。お酒好きなら熱燗も必須ですね。

そして飛雲さんの「木枯や鈍色の合う北の街」。情景が浮かんできますね。北の街の木枯しはとっても寒そうで、鈍色（にびいろ）がそれをよく表していると思いました。今回飛雲さんは、「春泥へ背負い投げする失恋日」「抱擁はどちらともなく湯ざめして」の二句が五点句。ちょっとしたミスで詠草から漏れてしまったため、黒板にご本人が書かれたのですが、結果としては高点になったので、「次回は〝その手〟で行こう」という声が上がり大いに沸きました。でも「作者がわからなくても、採ってたよー」という声も多かったので、二匹目のドジョウはいないかも！！？

今回は、「掘り炬燵・炬燵」という季語で、「手弱女に足絡めたい」高穂さんと、「そっぽ向き足からませる」あやをさんのお二人が願望を句にされました！　こんなふうに楽しいのが句会のいいところです。（恵・記）

◆平成二十六年三月度句会

今回の一席は、十点獲得の道彦さん。

常温の水をたっぷり春の朝　　道彦

常温の水とは当たり前のことで、特別な時以外には言いません。ご本人は、押切もえさんの本から切り取ったそうです。道彦さんの、本から切り取る能力と、「常温の水たっぷり」としたフレーズは素晴らしい。（戎吾の句評）

続いて二席は智子さん。

春愁やゆっくり閉じる住所録　　智子

日常のさりげない景色を読んでいるように感じますが、春愁やで中下句と切れている。その状態で春愁と住所録が絡み合って、ドラマは静かに外へ出る。その広がりが目に見えます。歌仙の発句にしたい素晴らしい句です。（戎吾の句評）

三席は三句。

ファーブルを追って少年蝶になる　　英子

英子さんの「ファーブルを追って少年蝶になる」。今現在もこれからも、こんな少年がいたら、きっと心豊かなやさしい大人が増えるんじゃないかな、と思います。

高穂さん「秘め事のあるも生き甲斐嫁菜摘む」は、詠草のミスで「嫁摘む」となっていて、どこの嫁を摘むの？　それも面白いと話題になりました。「秘め事が生き甲斐」って言うのもわかりますね。一人ほくそ笑んでる感じがします。

青き踏む一つの石のアインシュタイン　　薫

そして、今回の最高の〝なるほど！〟の言葉は、「アインシュタイン」（薫さん）でした。相対性理論を発表したドイツの科学者ということは知っていても、姓の意味までは知りませんでした。ドイツ語で、アイン（＝一つの）シュタイン（＝石）だそうです。いかにも物理学者的な感じがですが、これは本名で、シュタインはユダヤ系の人の姓の語尾に多いそうです。※映画監督のエイゼンシュタイン（＝鉄の石）も。

さまざまな知識を得られるのも、句会ならでは、でしょうか。（恵・報）

◆平成二十六年四月度句会

四月のトップは則江さんで十一点でした。

大海というふるさとへ花筏　　則江

これは途轍もなくスケールの大きな句です。日本人は桜のつぼみから満開の桜、散る桜、その散る桜を花筏という優雅な言葉にして、桜の一生を見届けます。その花筏も、小さな流れから大きな流れになり、大海のふるさとへ。その情景が目に入ってくるような句です。（戎吾の句評）

続く九点句は智子さん。

清明の朝粥の箸光けり　　智子

とてもきれいな句ですね！　清明は二十四節季のひとつで、太陽暦では四月五日頃となるようですが、清明という言葉の本来の意味（清く明らかなこと）と、ようやく春らしくなってきた日の朝粥。窓から差し込む朝の光。白粥が喉をすっと通って、体全身が浄化されるような感じがしますね。

三席は八点の戎吾さん。

やまびこを見事呑み込む鯉のぼり　戎吾

よくわかる句ですね。よくわかるけれど、やまびこを呑み込むっていう言葉は、そうそう出てきませんよね。マンションのベランダなどで小さく泳ぐ鯉のぼりではなく、大空をゆうゆうと泳ぐ鯉のぼり。その大きな口でやまびこも呑み込んでしまうのです。スカッとしますね。

（恵・記）

薫さんの「空豆のセクシーな腰　箸休む」。空豆は確かにちょっとくびれがあるのですが、「セクシーな腰」という発想はなかなか出てこないのでは？　セクシーだから、箸休めに手が伸びたのですね。これから空豆を見たら「セクシーな腰」って言葉が浮かびそう。

七点は三徳さんの「持時間全部つぎ込み春眠」。春眠という字足らずな言葉のあとからすぐに春眠のスタート（眠り始めた）ような感じがしますね。

ユニークな作品もありました。「へいまいど」「なんにしましょ」「ほたるいか」は道彦さん。

商店での会話をそのまま切り取って来たようです。この形、応用できそうな気がしますね。ただし、二捻りくらいしないと、単なる物真似になってしまいますが。

いろいろ挑戦できるところが、句会の楽しみ。まだ参加されたことのないという方、是非一度いらしてみてくださいね。（恵・報）

◆平成二十六年五月度句会

今月のトップは碧さん。

　　水よりももっと淋しい水中花　　碧

とても寂しい水中花だけれど、水だって寂しいのだなんてそこまでは考えが及ばないと思います。その意味ですごいですね。ここで戎吾さんが蘊蓄を傾けられました。水中花というのは、もとは酒中花といって、酒の中に花を入れたのが始まりとのこと。帰宅して調べたところ、「ヤマブキ・タラなどの木の芯で作った、花や鳥の形の小さな細工物。杯に入れて酒を注ぐと水分を含んで開く」「水中花のこと、酒席の遊びにしたのでこの名がある」と出てきました。改めて、なるほどー。（恵・記）

お次は星児さんの。

弓も矢も疾うに棄てたり端午の日　星児

さて、お次は星児さんの「弓も矢も疾うに棄てたり端午の日」。端午の節句は武家社会から生まれた風習で、男の子のための節句となっています。飾る人形も、男の子にふさわしく（？）鎧・兜・弓・矢などを持っています。日本は憲法九条で「戦争の放棄」「戦力の不保持」「交戦権の否認」を謳っています。それなのに武器を持つ人形を今もなお飾るのは、「時代遅れじゃないですか」と作者・星児さんはおっしゃっています。そうですね。そこまでは思い至りませんでした。

三席はユーモア俳句の三徳さんと戎吾さん。

夕時の毛虫どこ行く厚化粧　三徳

このところユーモア俳句の割合が高い三徳さんの「夕時の毛虫どこ行く厚化粧」。毛虫を見てどこに行くのかなぁと考えたら、銀座あたりが浮かんだとか……。毛虫って確かにケバケバしたのや毒々しいのがいるし。（あ、もちろん、きれいな毛虫っていうのもいますよ！）

鳥は歌人に詩あり五月晴　戎吾

戎吾さんの句「〇〇に〇〇、〇〇に〇〇」というのは汎用性のある形。〇〇に、いかにピタリと嵌るものをもってくるか、さらに季語を何にするか、がミソ。成功ですね。（恵・記）

◆平成二十六年六月度句会

一席は道彦さん。

青嵐棚田を天に押し上げる　道彦

次いで三徳さん。

哲学はシンプルがいい蝉の殻　三徳

三席は二人いて、則江さんと遊子さん。

取り柄なきところを愛す胡瓜揉み　則江

聖書から蟻はいだして知恵となる　遊子

◆平成二十六年七月度句会

今回の高得点句は則江さんの八点で二句。

伝えたいこと伝わらず水中花　則江

どんよりを転がしている熱帯夜　則江

次は六点が二人いて、道彦さんと雄策さん。

爪とひげ生きろ生きろと伸びて夏　道彦

晩鐘と子の声が落つ蝉の穴　雄策

◆平成二十六年八月度句会（休会）

◆平成二十六年九月度句会
高点句八点の二句は遊子さんと英子さん。
もろこしの髭の数だけあるえにし　遊子
白桃に抱きしめられた跡がある　英子
七点句は三徳さん。
地底から息抜きに出て曼殊沙華　三徳

◆平成二十五年十月度句会
今回のトップは則江さんで十一点でした。
廃坑のしんがりとなりし木守柿　則江
碧さんが十点。

山葡萄この手聖書めくれない　碧

青みかん剥くや小粒な暮らし向き　雄策（九点）

延焼をたくらんでいる葉鶏頭　遊子（八点）

戎吾さんの七点句の「田舎寺撞かずの鐘や秋の暮」は、オーソドックスな静かな句ですね。飛んだ句にも正統派の句にも点数が入るのが「白」のいいところです。（恵・記）

◆平成二十六年十一月度句会

奇数月は欠席の方の選が含まれないので、点数はちょっときびしい感じです。雄策さんの七点がトップ。

芋を掘るぐぐっと家系引くように　雄策

六点句は順子さんと可見さん。

びっくり箱ふたを開けたら冬将軍　　順子

無人店泥大根のでかい面　　可見

句会のあとは恒例の反省会あり。

◆平成二十五年十二月度句会

今回のトップは三徳さんの十一点。

ペテン師とやま師すり師の師走かな　　三徳

お次は宗翠さん。

出来たての風呂吹きつまみはひふへほ　　宗翠

三席は八点が二人で、可見さんと戎吾さん。

いくつもの海いくつもの空淑気　　可見

青空を独り占めする懸大根　　戎吾

戎吾さんの作品は稲架などにずらーっと掛けられた大根たち。この光景が見られるのは、マンションなどの建っていない、畑や田園が広がっている場所。だから「独り占め」感は伝わってきますね。(恵・記)

「白」と「百千鳥」の利点の比較

さてここで、「白」と「百千鳥」の句会の利点について述べます。「白」では句会終了後、希望者で反省会に参加。いろいろと話題は尽きず、楽しきうちにお開きになります。「白」にあって「百千鳥」にないものは、この反省会です。しかし「百千鳥」では、その代わりとなる飲み会や、吟行と食事会を季節ごとに開催しています。それと、「百千鳥」は少人数ゆえ、句会の席で忌憚のない意見交換ができるので、そこが良いところだと思います。

また、清記がないのも「白」の特徴と言えるでしょう。二十五人の延べ百句を清記するには多大な時間のロスになります。一方、少人数の「百千鳥」では、現在実行している句会の清記方式が一番良い方法だと思います。出句提出の直前まで推敲できること、出句の選別ができることも有意義だと思います。

講評については、「白」では百句のすべてを講評するのは時間的制約のため不可能です（しかし、出席者の少ない時は、全部を講評したこともあります）。一方、九人五十句以下の「百千鳥」は全句講評できるので、これは素晴らしいことです。その意味では、気心の知れた十人前後の句会が理想の形態ではないでしょうか。

それと、「百千鳥」にないものは結社誌です。「白」の会誌は、皆さんが活発に自由投稿をし、同人の活躍状況もわかり、他の結社誌よりすぐれています。一方、「百千鳥」は結社誌はありませんが、年一回刊行される句集『百千鳥』には、他の俳句集にはない特徴があります。その内容と形式は、句集、俳文、歌仙といった、いわゆる俳諧の文芸形式のすべてを含んだユニークなものです。このことは大いに自負しても良かろうと思います。

「白」を退会する

「白」の句会にも馴染んで、これからという時に、退会の運命が私を待っていました。

それは、すでにお話ししたパーキンソン病を発病したためです。

自分としては「白」を続けるつもりでした。一年だけでの退会は皆さんにご迷惑をおかけするので、腰の痛み、歩行速度が極端に遅い、動作が遅いなどの症状があっても何とか続けられないかと検討しましたが、病気の長期化と現状を考えると、やはり退会の選択肢しかありませんでした。

在籍中は、字数合わせに加藤代表と恵さんの鑑賞文を「自薦自解十五句」に仮に書き入れ、未校正のままだった原稿を誤って入稿して、そのまま掲載されるというご迷惑をおかけしたこともありました。改めてお詫び申し上げます。

白での一年間は、私の俳句人生にとって忘れられないものとなりました。加藤光樹代表をはじめ、同人の皆さんには大変お世話になりました。この場を借りてお礼申し上げます。

《休憩》食事処・売店

俳句劇場「座の文芸座」。大劇場の他、俳句部屋、歌仙部屋あり。歌仙用仮眠室、シャワー室あり。

お食事処「道頓堀」は、幕の内弁当、石の器すき焼き、しゃぶジュジュ鍋、てんてん料理。

売店の「えびす屋」は、弁当、飲料、おみやげコーナー、そして文芸コーナーが売りで、俳句関係の本が多数。おすすめは以下の本です。

著者名	題名	出版社	価格
星野戎吾	人生百歳：俳句俳文集	百千鳥編集部	頒価・送料込み八百円
百千鳥同人	句集百千鳥　毎年刊	百千鳥編集部	頒価・送料込み五百円
白同人	俳誌「白」隔月刊	白編集部	頒価・送料込み八百円
有冨光英	草田男・波郷・楸邨	牧羊社	二千八百円
有冨光英	句集　琥珀	東京四季出版	二千三百円

加藤光樹	句集　風韻	白俳句会	千三百円
かわにし雄策	句集　戴天	そうぶん社	二千円
かわにし雄策	句集　虚空	白俳句会	千七百円
関根瞬泡	一沙鷗：エッセイ集	そうぶん社	二千円
関根瞬泡	芥川：鑑賞文・俳句	そうぶん社	二千円
有馬英子	句集　火を抱いて	白俳句会	三千円
古谷あやを	余白：句集	白俳句会	品切中

第八幕

俳句集団「百千鳥」の句会

私の俳句人生の出発点

私が俳句人生に踏み込んだのは、平成二十一年（二〇〇九）、七十歳の古希を迎えた頃でした。当時の趣味は、海外旅行とゴルフしかなく、終生できる趣味、家の中でできる趣味はないものかと探していました。

平成二十一年三月、タイランドから帰国する機内で、「英語で俳句づくり」。米国で一茶、山頭火が人気化」という雑誌の記事を読み、それならば、原点の日本の俳句を勉強せねば、と思い立ちました。

帰国して数日後、地元、東京都江戸川区の広報誌に、カルチャーセンターの「俳句教室」の募集記事を見つけ、早速、申し込んで、四月二十一日から通い始めました。

俳句を始めると、十七文字というわずかな言葉で自分の思いを表すことができる、世界で一番短い詩（ポエム）にすっかり魅せられて、今年でもう十二年目の節目を過ぎました。

月二回の句会に参加して、拙い自作の句を披露し、先生の選句や同人の選句が多ければ嬉しく、少なければ落胆し、ひとり酒を飲みます。

俳句集団「百千鳥」を結成

カルチャーセンターでの二年間の俳句教室を終えて、そのまま教室の仲間たちと俳句集団「百千鳥」を結成しました。

選者は、教室の先生だった小島由美子さんにお願いしました。小島先生は俳句結社「ホトトギス」の同人で、稲畑汀子氏に師事。

平成二十五年（二〇一三）六月からは、選者は大野登先生（大正十三年生まれ。飯田龍太・森澄雄に師事。「鷹」同人）にお願いいたしました。

本年（二〇二一）八月現在の会員数は、男性五名、女性四名の合計九人です。句会は月に二回、当日に五句出句して、おおむね四時間前後、主として区の施設である新川さくら館で実施しています。

このたびの新型コロナウイルス禍にもかかわらず、六月から再開でき、全員無事で参加できて喜ばしい限りです。

「百千鳥」は今後とも、「俳句は文学（詩）である」をモットーとして、月二回の句会をメインに、年三、四回の名所旧跡等への吟行、親睦を深める懇親会などを継続していく所存です。

百千鳥同人の選句評

◆戎吾こと星野博一の十三年間の軌跡

平成二十一年四月から令和三年三月までの俳句結社「百千鳥」にての作句は二千数百句に及びました。

この機会に百千鳥の師匠格の行魯さんには、辛口講評として十二句の句評を頂きました。同時に同人の皆様にも無理を承知で毎月の句会の折に、私の句で得点をいただいた句について、その当時を思い出して、鑑賞・講評をお願い致しました。

皆様、こころよくお引き受けくださり、素晴らしい句評に感謝感激です。

◆選者、師匠格、行魯さんの句評

俳句誌や新聞などで見る選者のコメントは、当該句の意味の敷衍説明と褒め言葉が主体です。意味などは誰にでも判りますし、褒め言葉など本来不要です。よって本句評では、いささか辛口の句評に挑戦してみました。悪しからずご了承ください。

漆黒の阿修羅の像や冬日向　（令和元年十一月二十四日）

詩情をあまり感じられません。それには、作者が冬日向の中の阿修羅像を如何に眺めたのかを本句のポイントに置くことがひとつの方法かと。眠るようなのか、笑っているのか、作者を睨みつけているのか、などなどです。それが作者の心象の鏡となり読者に伝わります。あるいは、もう一つの事物・事象を加えてそれなりの景情を呈示しても良いと思いますが、如何でしょう。

ということで、「冬日向われを諫める阿修羅像」とでもすれば月並みですが、二物取り合わせ（季語と対照）の俳句になるかもしれません。

花万朶深き煩悩花と散る　（令和二年三月十日）

言わんとすることは判りますが、俳句としては雑駁に過ぎます。季語と見紛う「花」の文字の重複と深い煩悩が満開の桜を見て散ってしまうなどとはいささか乱暴です。ここは深刻がらずに、一物仕立てですが、「花万朶されど邪念の消えぬまま」あたりで宜しいのでは。

神楽坂三昧を漏れ聴く寒椿　（令和二年一月二十八日）

人名、地名などの固有名詞は季語に匹敵する伝搬力がありますので、作句ではどうしてもその力に頼りがちになります。その結果大方の句は読者の予想範囲であり、たいした感銘を呼びません。本句も残念ながらまだその域にあり、その上語順が可笑しいために三段切れになっています。せめて、「寒椿三味の音もるゝ神楽坂」程度に推敲されたら如何でしょう。

春浅し峡のせせらぎモーツアルト　（令和二年二月十一日）

暖かくなり谷間の雪解け水がリズミカルにながれる音を「モーツアルト」と捉えたことはそれなりに余情が感じられます。ただし二月の季語の「春浅し」では、まだ谷間の雪はうずたかく積もっているはずですし、抽象的に過ぎます。そこで三月末か四月初めの頃の「鳥帰る」、「春炬燵」、「辛夷咲く」など耳で聞く音の措辞に対して目に見える季語に代えると景情がいっそう具象化して更に良い句になるかと惜しまれます。

雪吊りやその力学とその美学　（平成二十四年一月）

日本古来の庭園文化である雪吊りの景観を明治以降の和製の新しい学術用語で端的に、かつ対義語をもってリズミカルに表現してあります。その視点と用語の選択の妙により、作者の感懐は巧く読者に伝わり、歳時記などでなかなか見られない新鮮さがあります。一物仕立ての佳句といえるでしょう。

沈黙や比翼連理の温め酒　（令和二年十月）

本句は「比翼連理」を使用する是非にあります。こうした場合、音で聞いて判るか、俗語として定着しているか、代替できるわかりやすい言葉はあるのか、などを考慮する必要があります。すなわち、耳で聞いて判る語句の使用が大事です。

明鏡国語辞典には「夫婦が極めて仲むつまじいことのたとえ」とありますので、「黙(もだ)しまゝ夫婦(めをと)より添ひ温め酒」としても作者が言わんとする景情になんらの変化もないのでは。いずれにしても蕪村流にいえば、句としては「古き心地すれど」でしょうか。

冬の霧宙(そら)に浮きたる立石寺　（平成二十九年十一月十日）

気になることが三点あります。季語を「冬の霧」としたこと、空をわざわざ「宙」として「そら」と読ませたこと、霧の中で見えない筈の立石寺が見えたことです。霧は秋の季語、霞は春の季語のほか別に「冬霞」という季語があり、本句は霧よりも霞の方が似合います。また空を宙と置き換えた意図もわかりません。

以上を勘案すると、「宙」を削除して「冬霞はれて浮き立つ立石寺」とでもすれば作者の見た奇岩の山に点在する山寺の景観を読者もイメージできるかもしれません。

曾良も行く有耶無耶の関草茂る　（令和二年六月九日）

「曾良」と「有耶無耶の関」の二つの固有名詞を使い、下五を大変地味な季語の「草茂る」とした点が気になります。よって、作者が当地で何を感じ、いかなる句に纏めようとしたのかが判りません。なお、芭蕉と曾良は当地を往復していますが「奥の細道」には記載なく、「曾良旅日記」には「ウヤムヤノセキ」との仮名文字があるだけです。

ただし、この関は名称が風変わりなためか歌枕であり、多くの歌人・俳人が訪れています。

落し文など有耶無耶の峠口　佐藤鬼房

有耶無耶の関立冬の鳶からす　　宮坂静生

かにかくに無為に過ごすや根深汁　（令和元年十一月二十四日）

本句で残念なところは、中七の「無為（何もしない、作意なし）に過ごす」という措辞にあります。上五の「かにかくに」（あれこれ、いろいろ）と日本語として繋がらないからです。よって「かにかくに生きるに如かず根深汁」とでもすれば季語と相まってそれなりの「二物とり合わせ」になります。素朴ながら躰の温まる根深汁と調和がとれ、いささか「しをり」が感じられる句になるのではないでしょうか。

老いてなほ羽觴を飛ばす冷し酒　（平成二十八年六月二十八日）

万葉・古今などの和歌、杜甫・李白などの漢詩からフレーズを頂戴して俳句に取り込むことを「本歌取り」といいます。有名なところでは、蕪村の「菜の花や月は東に日は西に」（陶淵明説が有力）があり、芭蕉にもたくさんあります。本歌取りは、「等類（真似句）」とちがって俳句の世界ではなんら問題にされません。

本句の「羽觴をとばす」も李白の漢詩の一部であり、風雅な月見の宴で「盃を盛んにやりとりする」ことを意味します。しかし、上五「老いてなほ」ですと年老いた二人が冷や酒の盃を投げるようにがぶ飲みしている様子を些か反省している感じに取られかねません。また、「羽觴」があるので冷し酒は冗語になります。

よって本意に戻って、「老いてこそ羽觴をとばす月見かな」とでもすれば酒を酌み交わしつつ月見を愉しむ風流な老人が目に浮かぶかもしれません。

職退きて雲遠ざかり月朧

（平成二十一年四月）

本句は、推敲（芭蕉のいう「舌頭に千転」が大事）をなされていないよくあるパターンのひとつです。素直に読めば「退職したから雲が遠ざかり、雲がなくなったから朧月が見える」という、要するに因果関係を説明した短文となります。

多分、作者は長年勤めた職を辞するときの寂寥感を表現したいと思っていた筈です。さすれば端的に「職を退き朧月夜の家路かな」くらいで「寄物陳思（姿前情後）」の余情ある句になったかなと惜しまれます。蛇足ですが、俳句で助詞の「に」、「て」を多用すると理屈っぽい説明句になりがちです。

初ゑびす小判は踊り鯛の寝る　（令和三年一月二十六日）

初戎で沿道の露天商が声を枯らしながら縁起物の福笹を売っている情景を眺めての一句でしょう。その福笹の模造の小判と鯛が片や踊り片や寝ているという、もう少しお金が欲しいと夢見る多くの人々の関心の行方を想像した句ではないかと面白く読めます。映像の復元、リズム、さらに自己の投影（余情）と三拍子そろい、かつ諧謔性も窺えて結構な俳句だと思います。

（了）

◆呂翠さんの句評

ここに掲げた戎吾さんの五句は百千鳥の句会で私が選句した俳句の一部です。これらについて句評を、ということですので、改めてその理由を取りまとめました。

私の選句の基準は、直感・共感の有無です。今までに経験したこと、経験してなくても想像できること、珍しいことでいいなと思い感動したこと、など共感できることです。

俳句の選句は、単に「共感した」「意味が分かる」だけでは駄目。文学作品か、一編の詩として成り立っているか、を「冷静」に判定しなければならない、と言われていますが、私には難しい。私は無能無才、鈍感であり、怠け者です。ことに文芸・文学に関してはそうです。したがって、私が選んだ俳句がよい俳句かどうかは分かりません。

八十路越え盧生の夢よ子供の日　（平成三十年五月二十二日）

「盧生の夢」は知らなかった。が、「八十路越え」は私と同じであり、共感できた。八十歳となり、人生を振りかえったとき、「今までの長い人生には、いろいろあったなア、若いころ描いた夢で、叶えられたこと、叶えられなかったこと、いろいろあったが、あっという間だったなア」ということだろう。「盧生の夢」を辞書で引くと、「盧生の夢」＝邯鄲の夢〔出世を望んで邯鄲に来た青年盧生は、栄華が思いのままになるという枕を道士から借りて仮寝をし、栄枯盛衰の五十年の人生を夢に見たが、覚めれば注文した黄粱（こうりょう）の粥がまだ炊き上がらぬ束の間のことであった、という沈既済「沈中記」の故事により〕栄枯盛衰のはかないことのたとえ＝とある。夢の中の栄華が「はかない」のは分かるが、栄枯盛衰の五十年の人生が「はかない」ということはないだろう、と思う。ちなみに、私は自分の八十年の人生を振りかえって「栄枯盛衰のはかない人生」とは思っていない。

ペーロンの竜立ち上がる櫂と銅鑼　（平成二十九年七月二十五日）

ペーロンについては、就職して間もないころ、長崎出身で同寮の同僚から、繰り返し郷里の自慢話として聞かされていた。またその後、播州赤穂に一年ほど駐在したことがあり、赤穂市の隣の相生市で行われていた「相生ペーロン祭」を思い出した。銅鑼、太鼓ではやしたてて競争する勇壮で異国情緒あるお祭りの情景を思い浮かべた。

泪して亀首伸ばす秋の暮

（平成三十年九月二十五日）

泪・秋・暮＝「もののあわれ」の情景。亀を見かけるのは、近所では葛西四季の道の小川、少し足を延ばしたところでは亀戸天神、清澄庭園である。亀は甲羅干しをし、日を浴びて目が乾燥したとき泪を流すらしい。だから、「暮」でもまだ日差しが残っている夕方だろう。

鰭酒の悪しき誘いや吾妻橋

（平成三十年一月二十三日）

「悪しき誘い」とはどんな誘いなのだろう？　嬉々と誘いにのったのではないだろうか。吾妻橋に鰭酒が飲める居酒屋、ふぐ料理屋があるのか知らないが、昔小倉の飲屋街の小さな居酒屋で飲んだ鰭酒を思い出した。五十年以上の昔、小倉にひと冬、山口県長門・秋芳にひと冬過ごしたことがある。そこでは長野や東京では食べたことのなかったふぐ料理を食べた。その居酒屋へは誘われて行くこともあったが、独りで行くことも度々あり、週二、三回は行った。小さな和風の居酒屋でカウンターの中の調理台のタイルの壁にふぐの鰭が貼り付けられており、ときにそれを剥して炙り鰭酒を造ってくれた。店は女将さんが一人で切り盛りしており、ときに娘さんが手伝いに来ていた。家庭料理もご馳走してもらった。

桧枝岐旅籠の締めは走り蕎麦

（平成三十年九月二十五日）

二十六年前（平成七年）サリン事件のあった年、尾瀬沼へハイキングし、桧枝岐に一泊したことがある。そのとき食べた蕎麦を思い出した。旨かった。桧枝岐名物の「裁ち蕎麦」だったのかもしれない。子どもが就職して初めてもらったボーナスでプレゼントされた旅行で、「はるかな尾瀬」を懐かしく想い出した。

〈ひとこと〉

戎吾さんは「人生百歳—吾が俳句人生」と言っておられる。病気を抱えておられるようですが、今後も末永く俳句を楽しまれますよう祈っています。

◆木心さんの句評

去る百千鳥の句会の折、戎吾さんより過去の句会で私が特選とした、ご本人の四句について、鑑賞・批評を文章にしてほしいとの依頼があった。

しかし私には俳句そのものに素養がなく、どうしたものかと戸惑ってしまい、いたずらに時間が過ぎ去った。

たまたま手元にあった岸本尚毅氏の言葉に、「俳句の読み方は、一語一語に忠実に、句意を読み取ること、すなわち解釈である。ついで鑑賞は、想像力を働かせ自由に味わうこと。この二つの手順を踏むことが基本としている」とあった。

また、虚子は「私は、よき俳句の批評は、よき解釈だと思ってゐる。この句はどういふことを言ひ表はしてゐるのだと言へば、それがもう批評になってゐる。選は創作なり（後略）」（深見けん二氏の講演より）。

さすがに大家のご高説と納得した気にはなった。だが、具体的に私には如何ともし難く、結局、ここでは私の独りよがりの批評を書かせていただいた。中にはまるで見当外れもあるかと思われるが、ご勘弁をいただきたい。

それに、戎吾さんには平成二十四年以来十年にわたって、われわれ百千鳥会の会長として、大変お世話になっていることへの謝意と、さらに近年、病を養いながらもこの句集を編みだそうという気力に、深い敬意を表して、己の力量を顧みず応えさせていただいた。

秋風や男独りの奥座敷　（平成二十四年十月九日）

秋風や、と強く言い切っている。この上五から男独りのとは、しかるべき因果関係を省みて、しみじみと寂しさを感じているのか、あるいは待ち人を待つ間の、気がかりで、心細く寂しがっているのであろうか。下五の奥座敷は、豊かに想像させるが、うがち過ぎは慎みたい。奥深い句だと思う。

本家筋絶ゆる故郷の盂蘭盆会　（平成二十六年八月二十六日）

すべては移ろいゆく、という実相を感じさせる句である。もし、戎吾さんのご本家であれば恐れ入るが情況が目に映る。

かつて青山墓地へ、花見がてら見物に行ったことがある。青山墓地といえば場所柄から、かつてはしかるべき人や家であったはずである。しかし墓石はかたむき、草ぼうぼうの荒れ果てた墓を、散見することができた。まことに栄枯盛衰は世の習い。無常を実感させられた。

傘寿なり盧生の夢の夏の霧　（令和二年八月十一日）

傘寿なり、と堂々の宣言。ご同慶の至りである。若き盧生は、大望を抱いて邯鄲の町へ出てくるが、一炊の夢に、人生のはかなさを悟って故郷に帰ってしまう。そこで戎吾さんの若き日の大望は如何であったろうか。傘寿を迎えられて、少なくとも夏の霧に迷ってはいないように思える。

余談になるが私は二〇一三年春、中国河北省の漢代の城跡見学の途次に、邯鄲市を車で通って説明を聞いたことがある。

野辺送り輩（ともがら）揃ひ夕時雨　（令和二年十一月十日）

悲しいかな誰にも年を重ねると、否応なく出くわす場面であり、体験することである。そして年々寂しくなる。夕時雨はこの場に最適であると思う。

歳時記によれば「時雨の降り方は定めなき世、人生の無常を象徴するものとして古来尊重されてきたという。旧暦十月の時雨月、芭蕉の忌日を時雨忌とよぶあたりにも、この雨を重要視する伝統が息づいている」。

〈読後記〉

戎吾さんのご依頼により、あらためて私の選んだ特選四句を読ませていただいた。もちろん私の能力を超えた句の技法などを云々するものではない。

その率直な感想は、まず内省的である。そして写生より心理の描写、自分の思いを表す、すなわち自身の内面の表現に、意を用いているように思えた。それだけに多様な解釈を生むおそれがあるのでは。また戎吾さんの句は全般的に難しい語句の引用が見うけられるが、それはご当人の素養の表れであろうと思う。

まずは僭越をかえりみず、忖度を抜きにした私の読後感である。

このたび、戎吾さんから一文を求められたときは、前文の通り大いに逡巡をしたが、人の俳句の批評を紙幅に載せるのは初めてのことであり、この経験を今では有り難く思っている。

なお、番外になるが、百千鳥第八句集に載せられた「日記果つ記したることに嘘もあり」には脱帽、誰しも否定できない人間の本性を衝いていると思う。

省みて、私は戎吾さんより高齢の九十歳であるが、平素の自分の饒舌、軽薄振りをただただ恥じ入るのみである。

末筆になって恐縮であるが、病とたたかっている戎吾さん、「吾はつわもの」、その名の通り強い意志力をもって無理をせず、養生専一を祈る次第。

◆時子さんの鑑賞・句評

「百千鳥」の句会で私が選句をした俳句の句評をとのことでしたが、未熟な私にとりましてはとても句評は出来かねますので、思いのままに鑑賞を述べさせていただきます。

掲載の五句はどの句も情の機微がみられ、あくまでも人間性を追求する作者がその句に存在している、戎吾さんらしい句であると確信しております。

七十路や倒れ倒れの独楽のごと　（平成二十四年一月）

七十代を詠まれた句にしては思いが切実で具体的な支障が生じられたのか気になるところです。倒れ倒れとリフレインを使い、ご自分の身を独楽に喩えられたとすると胸が痛みます。もう少し前向きにと応援したくなります。

八十路なる余生をあずけ根深汁　（平成二十五年十二月二十四日）

この頃は長寿の人が多く、八十路も未だこれからという時世ですが、作者は温かい根深汁に深い思いを寄せています。穏やかな境地を詠まれた良句と思います。

夢追ひし余生鎮もる冬日和　（平成二十八年十一月二十二日）

夢を持ち、追い、ひたすら歩んで来た人生を今しみじみと振り返っている。良くここまで来たなあとの感慨が感じられます。それがよく晴れた冬の日ということで「冬日和」の季語がついていている佳句と思います。

羅や哀怨秘める祇園の妓　（令和二年七月二十八日）

祇園は京都の八坂神社辺りの地名という。その地の舞妓さんのことを詠まれました。華やかに見える舞妓さんにも人それぞれの感情があり、それを秘めてお仕事としてお座敷に出ているのでしょう。羅に託して詠まれた戎吾さんらしい句です。

時鳥書き遺すこと多多在りき　（令和二年六月九日）

時鳥は気迫のある鳴き方をするとのこと。なかなか筆が進まない遺言書を書いている。しかし、書き始めると書き遺したいことが多多あるという。この頃は「毎年書き換える」と言われている遺言書ですが、この句は辞世の句として詠まれているようにも思います。「時鳥」の季語も適切と思います。

〈ひとこと〉

戎吾さんの句は境涯句が多くいつも感心しております。

石田波郷は「俳句は境涯を詠うものである、小説や詩と違って己の境涯の上に立って詠うこと、それを作句の心としなければならぬ」とのことですが、私にとっては大変難しいことです。戎吾さんは日頃から人間味のある豊かなセンスを持って作句をされておられます。先ずはお体を大切になさり、これからも楽しく俳句を続けて行かれますことをお祈り申しております。

◆百合枝さんの鑑賞・句評

お囃子や夏の匂ひの男来る　（平成二十六年六月二十四日）

日本の男は祭好きだ。毎年秋ともなれば各地の祭が動き出す。はだか祭、御神木を奪い合う祭、ねぶた祭、我が故郷の御柱祭等々。

一年でこの日が一番大事、この日のために生きてきた感があふれ出ている。

男の眼、汗、筋肉、一つのことにのめり込む団結力も祭の男の魅力だ。終わればもう翌年の準備だ。神輿を担ぎ終わった男が、精魂使い果たした男が、目の前を通り過ぎていったのか、それを羨望の目で見送った作者の気持ちがよく現れている。

昼寝せよそれが老医の処方箋（平成二十六年六月二十四日）

この年になって私の財布はよく膨らんでいる。お金どころか医者の診察券がどんどん増えて来ている、と同時に薬の数も増して来ている。

私の訴える症状をしかとつかんでくれているのか、顔色も見てくれない医者もいて、何とも心もとない思いを抱いて帰宅する。

しかし、ここに来て私は自分の命を預けてもと決断した老医者に出会えた。快復した旨告げると、「おめでとうございます。よかったね」と目を見て言っていただいた。心も体も暖かくなった。

この句は期待した言葉がもらえず、ちょっとがっかりしているけれど、症状が重くないことが裏付けられている。のんびり昼寝でもして心を煩わせずいたら治りますよ、と。

老医は名医にした方がいいと思います。

◆悦子さんの鑑賞・句評

秋の雲銀河鉄道呑み込めり　（平成二十五年十月二十二日）

メルヘンの世界へ引き込まれましたね。

空想するほど、秋の空・雲をジーと見ていると、つい想像の世界へ引き込まれていきます。

この人は、少年の心を持つ素直な人ですね。

つれづれの重たき齢喜寿の春　（平成二十五年三月十日）

年が明け、七十七歳になって何を思うか、春の一日思いにふける。幸せなひとときではないでしょうか。

〝重たき〟とは、少々言葉を替えてはどうでしょうか。

寒雷や波は尖りし越の海　（平成二十九年十一月十日）

佐渡沖の景か、日本海沖の景なのか？

私は、新潟の日本海を見ながら育ちましたので、冬の荒れ、波の激しさはよく見ていました。波しぶきを尖っていると詠んだ作者の気持ちが良くわかります。
冬の日本海の浪の激しさ、落ちる雷の音など、よくとらえていると思います。

冷酒を飲んで飲まれて虚ろなり

（平成二十四年七月十日）

夏はビールじゃないの？　この人は冷たい日本酒が好きなんですね。楽しく飲んで気分をすっきりさせる。たまには虚ろもいいいじゃないですか。

漆黒の阿修羅の像や冬日向

（令和元年十二月二十四日）

阿修羅の像はインドの神の一つくらいにしか知識はありませんが……、一般的には、阿修羅は善にも見えるし、邪悪にもなるとか言われています。よく顔を見ると、見る人によっては、良い顔に見え、心が卑しい人には恐ろしい顔にも見えるとか言われていますよね。
詠んだ人は、阿修羅の像が、冬の日差しに黒く光り、美しく見えたのでしょうね。きっと心に思うことがあり、像を見ながら、何かを悟ったことでしょう。

〈ひとこと〉
俳句を始めて、まだまだ年数も経たないものが、感想を求められても、解釈がちぐはぐのようで恥ずかしいです。ご容赦を!!

◆セツ子さんの鑑賞・句評

一輪の床の間の和む寒椿　（令和二年一月）

久しく床の間のある生活と縁はなく、心洗われるような感じを覚えました。

破れ傘その名に似たる花なれど　（平成二十九年七月）

最初、花は知らなかったので調べてみました。桃白色の目立たない花と知り、一度見てみたいと思っています。

切通し抜けて湯島の冬日向　（令和元年十二月十日）

鎌倉に友達五、六人で行ったとき切通しと教わり、山が多い街の特徴なのかと……、目的地へ行く近道なのかと……。

その土地が切通しの言葉で言い現わされていると納得いたしました。

チェンソーの音のみ響く山眠る　（平成二十九年二月二十六日）

取り合わせの句でしょうが素晴らしいですね。

第九幕

歌仙「春野の巻」

「百千鳥」同人による歌仙

歌仙「春野の巻」は、「百千鳥」の同人により、令和元年（二〇一九）五月中頃に起首（開始）して、令和二年（二〇二〇）三月末に満尾（完了）しました。場所は新川さくら館です。歌仙を巻き上げるのについては、我が師匠的な吉田行魯さんが捌き手として、同人九人全員が連衆として参加しました。

歌仙については第二幕と第三幕で詳しく述べましたが、簡単におさらいしますと、連句とりわけ歌仙は、江戸時代初期に「座の文芸」として盛んになり、松尾芭蕉が元禄期に俳書『猿蓑（さるみの）』で蕉風を確立して以降、三百年余、俳諧の主流となります。しかしながら、正岡子規の「発句（俳句）は文学なり。連句・歌仙は文学に非ず」との宣言により、明治期以降は衰退しました。ところが近年は、高浜虚子を祖とする「ホトトギス」派が衰退する一方で、多くの地方の句会で歌仙がブームとなり、ドナルド・キーン氏のいうところの「日本特有の詩（ポエム）の形式」が復活し始めています。

歌仙には煩瑣な決まりごとである「式目」がありますが、形式的には、数人による長句（五七五）と短句（七七）を連接させて、三十六句をもって満尾とします。句を詠みつなぐ基本は、前句と後句を暗示と連想により結んでいき、その展開の行方は自然の流れに任せます。このように全体構成を予め定めていないことに最大の特徴があります。

「百千鳥」で初めて歌仙に挑戦するにあたっては、形式面では大まかに式目に従い、内容的には「歌仙は三十六歩なり。一歩も後に帰る心なし（芭蕉）」といわれる展開の基本精神を尊重しながら、自由奔放に巻くこととしました。

参加者は、木心、セツ子、行魯、いっせい、呂翠、戎吾、百合枝、時子、悦子（年齢順）の、令和元年夏現在の全会員（九人）です。

〈初折表六句〉

発句（春）　老いぬれば日だまりよろし春野かな（いっせい、以下『い』）

※切れ字「や、かな、けり」は、発句以外では使わない。

脇（春）　温かき手の人と摘み草（百合枝、以下『百』）

※下五は体言止め（名詞）。発句と脇は、客と主人ということで寄り添う感じが求められる。

第三（春）　飛ぶヘリを追ふ揚ひばり空晴れて（セツ子、以下『セ』）

※第三は飛躍の一歩であり、本句の場合、視点を転換して地上から天空を眺めた景観を詠っている。また下五は「て、に、らん、もなし」など助詞止めすることが多い。

四句目（雑）　園児の輪から上がる歓声（木心、以下『木』）

※式目によれば、四句目あたりで人物を出すのが望ましいとか。

月の定座（秋）　穏やかに暮るる里山月今宵（呂翠、以下『呂』）

※この「月の定座」は、ある程度格調が求められる。

折端（秋）　残暑疲れを癒す湯を浴ぶ（戎吾、以下『戎』）

※この表六句までが通常時間がかかる「序」の部分。

〈初折裏十二句〉

折立（秋）　日の匂のこる畦道天の川（時子、以下『時』）

※春秋の句は、三句続けるのが基本。

二句目（恋）　母の背恋し越後ふるさと（悦子、以下『悦』）

三句目（恋）　漂泊に寄添ふ人ゐて良寛坊（百）

※恋の句は、二句続けるのが基本。

四句目（雑）　寂し夜の足まさぐる毛布（い）

※雑の句は、季節のない「無季」の句であり、三句続ける。

五句目（雑）　指もつれエプロンの紐ままならず（セ）

六句目（雑）　八十路半ばにタイとおさらば（行魯、以下『行』）

月の定座（夏）　夏の月はるけくなりし共白髪（木）

八句目（夏）　花は葉となりぼんぼり残る（呂）

九句目（雑）　夢叶ひ余生静かに過ごしをり（戎）

十句目（雑）　どっと繰り出す開店安売り（時）

花の定座（花）　おしみなく物見遊山よ花盛り（悦）

折端（春）　連衆若めく百千鳥会（行）

〈名残の表十二句〉

折立（春）　艶やかさちょいと増したり春ショール（木）

二句目（雑）　サリー姿でモーツアルトを聴く（セ）

三句目（雑）　瞑りをれば笑ひ転げる父のゐて（百）

四句目（雑）　酔生夢死の願ひ叶へむ（呂）

五句目（冬）　チェンソーの音を遠くに山眠る（戎）

六句目（冬）　年の瀬忙し番茶をふふむ（時）

七句目（雑）　古書店の主居眠る昼日中（悦）

八句目（恋）　背な凭れあひ妻と縁先（い）

九句目（恋）　夫おもひ小さき膝抱く夕ごころ（百）

十句目（雑）　そろそろ呑むか蔵出し吟醸（行）

月の定座（秋）　和箪笥の錆びる金具よ十三夜（セ）

折端（秋）　世に古びたりわが終戦日（木）

〈名残の裏六句〉

折立（秋）　この路地に出口ありそう秋の風（呂）

二句目（雑）　厨窓から酢飯の匂ふ（悦）

三句目（雑）　病癒え妻と久しくカルバドス（戎）

四句目（春）　春風のなか煩悩の消ゆ（い）

花の定座（花）　花満つる仄と酔ひたる羅漢さま（時）

挙句（春）　手籠にいっぱいぜんまい蕨（行）

※漢字止め、発句と照応すること。

令和元年（二〇一九）五月中頃起首、令和二年（二〇二〇）三月末満尾。新川さくら館にて。

《幕間》江戸川区俳句連盟の俳句講座

私は江戸川区のカルチャーセンターの俳句教室で学び、先に記したように、その卒業生で俳句集団「百千鳥」を立ち上げました。

また、この集団とは別に、私は江戸川区俳句連盟の初心者俳句講座にも通いました。

以下はその講座の内容です。講師は大野博功氏（俳句歴十年。江戸川区俳句連盟「文月会」同人）。


平成二十四年（二〇一二）五月十三日〜六月十七日まで。毎週日曜日の午後一時〜四時。

1　五月十三日（日）講義（俳句の基本1）
　　俳句史・俳句三大要素・表現・省略など
2　五月二十日（日）講義（俳句の基本2）
　　仮名遣い・俳句を作る機会・句会の進め方など
3　六月三日（日）実技（吟行の形で）

4　六月十日（日）実技（句会の形で）

親水公園を散策・新しい発見を句になど

句を作る楽しみの第一歩・自分の句、お隣の句など

5　六月十七日（日）実技（まとめ）

さらに俳句を続けるために・意見交換など

この講座を卒業後、大野講師を選者とした俳句集団を立ち上げることになりました。大野講師は好感が持てる人物で、生徒の皆さんも気の合う人たちが多く、期間中楽しく勉強ができました。俳句集団の立ち上げには私も誘われましたが、会場が不便な場所にあるので参加しませんでした。

第十幕

私の生き様

俳人は自身の境涯を語るべきか、語らざるべきか

俳人の書を読むと、自分自身の経歴を詳細に記している人が多いことに気づきます。特に境涯俳句・療養俳句の作者の書では特別に多い。

それは、俳句の作者の境遇・境涯を知らないと、作品の正しい解釈ができないという考えに基づいています。

石田波郷は、

「俳句は私小説である。俳句は境涯を詠ふものである。境涯とはなにも悲観的情緒の世界や隠遁の道ではない。又哀別離苦の詠嘆でもない。すでにある文学的劇的なものではなくて、日常の現実生活に徹していなくてはならない。（中略）生活に随ひ、自然に順じて生まれるものである。作句の心は先づここになければならない」

と述べています。その作者の境涯を知らないと、鑑賞に困難をきたすこともあり得るということです。

また、種田山頭火はその日記において、

「すぐれた俳句は――そのなかの僅かばかりをのぞいて――その作者の境涯を知らないでは十分に味はへないと思ふ、前書なしの句といふものはないともいへる」と述べています。それはとりもなおさず、「すぐれた俳句は作者の境涯ならびに作られた背景を知らないと深い理解にいたらない」ということです。

さらに、秋元不死男（東京三）、鈴木鷹夫他、多数の俳人が山頭火と同じことを語っています。

それに対して、山頭火と自由律俳句の双璧を成す尾崎放哉は、反対の立場を取っています。このことについて、放哉にこんな物語があります。

放哉の自由律俳句に深く傾倒していた飯尾星城子が、放哉が小豆島の南郷庵の寺男として滞在している時に庵を訪ね、放哉の人生について聞き出しました。星城子は、この時に聞いた放哉の人生についての記録を俳句誌「層雲」に発表しようと原稿を書き、確認のためそれを放哉に送ったところ、放哉は激怒しました。彼は自分の境涯を他人に知られることを極度に嫌っていたのです。結局、放哉から怒りの手紙を受け取った星城子は、原稿を破棄して、放哉の境涯は人目に触れることはありませんでした。

しかしその一方で放哉は、東洋生命保険の東京勤務時代の放哉の部下で「層雲」同人の佐藤呉天子には、呆れるほどの数の手紙を書き送り、大学を出て実業界に入り、会社をしくじって朝鮮、満州を放浪し、一燈園、常称院、須磨寺を経て現在に至るまでの自分の境涯を系統的に語っています。

句作の意欲を失い、さりとて何もやることのなかった後藤家での無聊の気迷いだったのでしょうか、自分の人生についての長い文章を書き終えて、放哉は、こんなことを報せていいのかと思い、文頭に戻って、「最初ニ堅ク御約束希フ。此ノ一文、並ビニ小生ノ事ニ関シテハ一切兄以外ノ人ニハ御他言御無用、堅ク御約申シテオキマス」と付け加えました。

自分の自由律俳句は、それ自体が意味を持つ存在であり、句を生むに至った人生の記述は余計なものだ。何より他人に語るべき人生など自分にはない、という思いのせいなのでしょうか。しかし皮肉なことに、気迷いで書いた呉天子への手紙が、今日我々が放哉という人物を知ることができる資料として残っているのです。

私としては、敬愛する山頭火の意見に賛同し、かつ、パーキンソン病の療養生活と自分の得意分野の飲食業、小売業を題材にして詩(ポエム)を詠いたく思い、私の生き様を詳しく述べたいと思います。

出生から大学時代まで

昭和十四年六月十九日、大阪府豊中市大字南刀根山にて出生。
その後は父親の転勤により下関、東京、大阪、小田原、東京に住む。
戦時中は、両親の実家がある佐渡に疎開（佐渡市河原田町）。
神奈川県小田原市に移転。東京都三鷹市に移転。市立三鷹第一小学校に転校。
昭和二十七年、市立三鷹第一小学校卒業。
昭和三十年、杉並区宮前中学校卒業。
昭和三十三年、都立豊多摩高校卒業（旧制府立十三中）。
昭和三十八年、早稲田大学第一法学部卒業。

◆高校時代の思い出
高校に入学するや、早々にラグビー部に入部しました。この年の一年生の入部、一番乗りです。

当時、都立高校で全国高校ラグビーフットボール大会「花園」に出場したことがあるのは千歳、豊多摩、日比谷の三校だけでした。私の入学した豊多摩高校は、学業も地区二番で、文武両道の評判の学校でした。

小、中学校時代から、私は毎月一、二回、秩父宮ラグビー場にて大学ラグビーを観戦していました。父がラグビー好きで、父の慶應大学の同級生の伊藤次郎さんがラグビー協会の理事をしていたこともあり、休みの日は父と二人でラグビー観戦に出かけ、高校入学時までには、複雑なルールも会得していました。

高校入学以前に、ラグビーを見たり、やったりしたことのある生徒は少なく、私がラグビー部に入ったその年の六月まで、部内で新人は私一人だけ。そのため、入部早々の四月二十四日の春季大会（当時は憲法記念大会）の二回戦（場所は八幡山）に、リザーブ（控え選手）として出場することになったのです。対戦相手は青山学院高校で、35—3で勝利しました。

四月二十九日、春季大会（憲法記念大会）準々決勝。場所は八幡山。対戦相手は法政大学第一高校で、6—26で敗退。私はリザーブ出場。

五月十四日、関東高校ラグビーフットボール大会。場所は久里浜。対戦相手は茨城県立日立第一高校で、私はリザーブとして出場。

豊多摩ラグビー部には、リザーブとして鍋島君が記録されていますが、彼が入部したのは六月中旬で、この時には一年生は私一人しかいませんでした。

そして、六月に鍋島君、安部君、北村君、江幡君、佐々木君、鷹野君、豊田君が入部。

しかし、一年生部員が揃ってこれからという時に、私は退部の運命となります。持病の急性大腸カタルが悪化したのです。体調が悪いことをそれまで親に内緒にしていたのがわかってしまい、退部を余儀なくさせられました。

退部後は一年生たちの活躍を目で追いながら、残念な気持ちを抱えていました。けれど、憧れのラグビー部に一度は入部できたので、その点は大満足でした。

◆大西鐵之祐（てつのすけ）と私

当時、ラグビーといえば、早稲田大学の大西鐵之祐と、明治大学の北島忠治が有名で、「早大の大西、明治の北島」と言われていました。

大西は「鬼の大西」と呼ばれ、北島は「前へ」を信条としていました。

大西は、早大ラグビー部のフランカーで卒業後は、早大非常勤講師を経て教授になり、一九五〇年度から早大ラグビー部の監督を務めました。

また、全国制覇を成し遂げた時だけ歌うことが許される、早大ラグビー部の優勝歌「荒ぶる」を、初めて歌唱させた人としても有名です。日本代表に「〇〇ジャパン」という呼称を付けたのも彼だと言われています。

そんな大西さんと私の関係ですが、私の妻、旧姓小山泰子の父親、小山省吾の兄が小山達夫で、この達夫の早大の同期で親友が大西鐵之祐さん。彼はしばしば小山家に遊びに来ていました。その縁で、大西さんは私の妻の叔母と結婚し、つまりは私とは親戚関係。

結婚してすぐに、妻の代理で小山家の葬儀に出席した時に、大西さんと隣の席になりましたが、何しろ私は、ラグビー部退部後も大学ラグビーに熱中していたので、大西さんとラグビーの話で盛り上がり、感激しきり。「鬼の大西」と呼ばれる面影はなく、大変温厚な人でした。

その後も何回か葬儀の席で隣り合わせになりました。

会社員時代

◆総合商社の営業時代

昭和三十八年四月、日製産業株式会社（現在の株式会社日立ハイテク）に入社。物資部建材課配属。昭和三十九年九月、大阪営業所材料課に転勤。昭和四十二年二月、本社物資部燃料課に転勤。

この頃、石油業界は総合商社による石油争奪戦となっており、特に川下作戦としてガソリンスタンドへのガソリンの売り込みが激化。それにより、商社の直営ガソリンスタンド建設が活発化し、また既存店の買収合戦、争奪戦により、三菱マーク、三井マーク、住友マークのガソリンスタンドが林立していました。

日製産業も総合商社ゆえ、ガソリンスタンド経営を計画し、五年を経てようやく決裁が通りました。現業を抱えるので別会社とすることが条件として付きました。

昭和四十三年五月、小山泰子と結婚。

昭和四十四年八月、長男の将、誕生。

◆商社での小売業経験

昭和四十四年十月、相模大野に住居購入。ＳＳ（ガソリンスタンド）担当部長代理に就任。

昭和四十七年一月、次男の大、誕生。

昭和四十七年四月、日製石油販売株式会社（現在の株式会社日立ハイテクネクサス）が設立される。

昭和四十八年六月、日製石油販売の秦野ＳＳがオープンする。この前年には、フランチャイズ習志野ＳＳがオープン。四十九年四月、ガソリンスタンド開設以来、課の利益に貢献していたこともあり、上司の菅野さんから、約一ヵ月間の、燃料油脂新聞社主催のガソリンスタンド世界一周研修旅行に出かけないかとの話がもたらされ、喜んで受けました。

四十九年六月、世界一周旅行で見た、アメリカのｓｔｒｉｐ（同一敷地内に、ガソリンスタンド、レストラン、コンビニエンスストア、千円床屋、その他の店舗が共存する形態）に感動。そして、ガソリンスタンドを中心にして自分の独創により独自の路線を取れる小売業に魅力を感じ、夢を持つようになりました。夢とは、当時私が住んでいた相模原市に「ｓｔｒｉｐ」を開設することです。

◆小売業　――コンビニエンスストア・スーパー・レストランでの勉強

昭和五十年六月、ダイエーローソン株式会社に転職する。ケンブリッジ・リサーチ研究所の鈴木氏の紹介。大阪のダイエーがダイエーローソン株式会社を設立してコンビニエンスストア事業を始めるとのことで、転職を決めました。ダイエー本社総務部付として小型店舗開発室に、奥氏と二人で採用されました。昭和五十二年九月、東部運営部次長に就任。

昭和五十三年十月、東京都江戸川区東葛西に転居。

昭和五十三年、すかいらーくが相模原市に本格的郊外店を開店。そして、七月には上場を果たし、すかいらーく百号店を開店しました。遅れてはならじと、私はダイエーローソン株式会社を退社。

この後もすかいらーくは破竹の勢いで店舗数を伸ばし、ファミレスを普及させました。

◆ステーキハウス・シズラージャパン

昭和五十四年三月、シズラージャパンに転職する。株式会社イムカの山田氏の紹介により、日本コンラックス株式会社の新事業。アメリカのロサンゼルスのステーキチェーンを日本で展開する「シズラージャパン」の一号社員として採用されました。

昭和五十四年六月、シズラージャパンの研修と実習。シズラーのロサンゼルス本社にて幹部研修を受けました。そのあとは、本社近くの店舗にて実習。また、その間、シカゴで開催されたレストランホテルショーの研修もありました。サンフランシスコの店舗見学と研修も。研修や実習は三十八日間にわたりました。

昭和五十五年四月、シズラーの一号店である幕張店をオープン。続いて、武蔵村山店、勝田台店オープン。しかしその後の出店は足踏み状態となる。相模原市を再調査したが、私の「ｓｔｒｉｐ計画」は立地的に考えて、無理な状況になってしまった。ここは方向転換が最良と考え計画を断念。

日本料理時代

◆ゆしま扇銀座店

昭和五十四年九月、日本料理、弁当、寿司製造販売の、株式会社ゆしま扇に相談役として就任（シズラーの休日の土・日のみ勤務）。飲食店部門の責任者となる。株式会社扇は「笹巻すし」で名を知られ、日本橋三越本店をはじめ各デパートの食品売場に出店していました。それに加え、飲食店展開を開始し、昭和五十三年十月には、銀座博品館に、すし・会席「ゆしま扇銀座店」をオープン。

◆ゆしま扇赤坂店

昭和五十五年二月、ＴＢＳ会館一階に「ゆしま扇赤坂店」をオープン。弁当・寿司の売店も併設した、本格的会席料理のお店です。

当時のＴＢＳは、今と違ってＴＢＳ会館も本社も誰でも自由に出入りができ、お客様は店の前を通って本社に入るので、芸能人のお買い上げが多かったことを覚えています。特に黒柳徹子さんは、毎週木曜日によく立ち寄ってくださいました。

また、スタジオでの撮影現場の小道具として、会席料理を出前することも多くありました。撮影は夜遅い時間になることが多く、出前の配送責任は私が担当。撮影現場では、扇の名が入った箸袋、マッチ、コースターが映るように、付きっきりで張り付いていました。何しろ、撮影のための出前料理は請求できないサービス仕事の割合が多いので、そのため、撮影の合間に私が現場に近づくことは容認されていました。出演者が撮影の合間に寛いでいるところに私が話しかけるのも許されていた。俳優さんたちは私を撮影スタッフと思っているのか、気軽に話ができました。この出張懐石料理を使う番組には、中年以上の大物俳優が出演するのが通例で、中には「近づくな」という態度の人もいましたが、有名な俳優、女優さんと親しくなれて、テレビ画面ではわからない素顔が見られておもしろかったものです。私が親しくお話しできた芸能人は、黒柳徹子さん、中尾彬さん、池波志乃さん、舘ひろしさん、千葉真一さん、泉ピン子さん、西田敏行さん、渡哲也さん、角川博さんなどです。

◆鎌倉建長寺門前「桜花亭」

昭和五十五年四月、鎌倉「桜花亭」オープン。建長寺の門前にあり、店から建長寺の大伽藍が望める堂々たる建物。面積一三八平方メートルの二階建てで、八十二席ありました。

店の大看板「桜花亭」の文字は、大本山永平寺七十六世貫首、秦慧玉（はたえぎょく）禅師の直筆。彫りは福島直刃流名人、沼田黙翁（もくおう）師が心を込めた力作。そして、彫り上がりを研ぎ出した金箔は、鎌倉の名店、長寿庵の古川晴章氏よりの斡旋でした。

調理長は、「調理師松和会」の若き師範、守屋泰祐氏。私は、この若き師範の「師範月例展示会」を観て感動したことがありました。当時、彼は湯河原の名料亭の調理長をしていましたが、病気をして退院後であり、体があいていたところを招聘しました。開店後は、彼の言動、仕事ぶりを間近に見て、この人物は将来大物になると確信しました。

この彼との出会いが、私の日本料理における原点となり、その後の私の日本料理に対する考え方に重大な影響を与えることとなります。彼の力作である著書、『刺身と活造り・姿造り』（柴田書店　今和泉明氏との共著）は、今でも私の座右に。

この調理長のセンスの良い料理により、毎月一回（午前と午後。六月、十二月は休み）の「桜花の集い」は、鎌倉在住の人たち、東京・横浜の人たちの参加で、毎回満員御礼。また、はとバスのコースにも指定され、名物のミニ会席「五山膳」が瞬く間に有名になり、鎌倉周辺のガイドブックにも載り、大盛況。

守屋泰祐氏は私の予想どおり、現在は宮内庁御用調理師松和会会長であり、有限会社松和調理士紹介所の代表取締役となっています。私はとっくの昔に料理界は引退しましたが、守屋氏とは現在も年賀状のやり取りが続いています。

「桜花亭」の支配人には、ダイエーローソンで私と一緒だった光山さんを招聘。彼は慶應大学卒で福徳相互銀行に勤務。その後、ロッキー青木氏が創業したアメリカの鉄板焼きレストランチェーン「BENIHANA（ベニハナ）」に勤務。ダイエーローソンでは開発部だった彼と、後日、ロッキー青木氏の弟（三男）のヒロミツアオキ氏の「ベニハナ」（アメリカのセントルイス）の譲渡話で再会。

◆ゆしま扇新宿店

昭和五十五年六月、「ゆしま扇」新宿店オープン。新宿三丁目のセゾンプラザ七階のこの店は、前に天ぷらの老舗「銀座　天一」、左横がうどん・そば・日本料理の老舗「歌行燈」、右横が松坂牛の老舗「柿安本店」による「柿安ダイニング」が居並ぶ店舗でした。

「柿安本店」の赤塚保さん（当時、取締副社長）、「天一」の矢吹潤一社長（当時、専務取締役）と常務の入澤肇さん、「歌行燈」の横井社長には大変お世話になりました。

特に私より五歳上の赤塚保さんには、飲食業について教えを願いました。「常にうまいものを食べ続けろ」「味は常に変わる」と、肉、特に松阪牛について、そのノウハウを教えていただきました。

その後、赤塚さんは総菜事業をデパートに進出させ、「柿安ダイニング」を拡大。そして和菓子の全国展開により、社長、会長になり、「柿安の中興の祖」と言われ、彼の長男が現在の五代目社長とのことを人伝に聞きました。

飲食店経営

昭和五十五年九月、株式会社ゆしま扇常務取締役事業本部長に就任。その経緯は日本橋浜町の明治座の商談に、相談役として宮崎吉明専務取締役に同行した折、車中にて「一緒にやりませんか」とのお誘いを受けて、その場で「やりましょう」と即決。株式会社ゆしま扇に入社することを決定。

私が懐石料理店の経営の責任者を引き受けた理由は三つほどあります。

①調理師の免許を持っていた

私がH社に入社二年目の昭和三十九年三月、日立家電・日立自販・H社の三社が、日立愛宕別館という大きな建物を西新橋に建設し、H社も西新橋に移転しました。その下見に行った折、地下にどんな店が入るのかと見学に行くと、そこでまったく偶然に、私の一番の親友の松岡君の母親と出会ったのです（私にとって第二の母）。聞けば、ここで店を始めるとのこと。そういえば、その頃は仕事が忙しくて松岡君と会っていませんでしたが、半年くらい前に彼に会った時、母親が店を出すために仲居見習いに毎日行っていると言っていたのを思い出しました。松岡君の母上は上場会社の役員の夫人でしたが、私はまさか本当に店を出すとは思ってもいませんでした。しかし、割烹「志げ」は開店したのです。

同ビルには、中野の有名な料亭「ほととぎす」が分店を開店し、ここはお座敷十一部屋を有する大型店でした。「志げ」はそれにつぐ店であり、同ビルの部課長クラスが利用するお店で、私ごとき新入社員の行ける店ではありません。行くのは、松岡君のお相伴にあずかる時だけ。それ以外はもっぱらアイドルタイム（店の休憩時間）に行き、賄い飯をいただいていました。

私は「志げ」の鈴木調理長とも親しくなり、調理について学び、松岡君の母上からは飲食店経営について学ぶ。日本料理に興味を持ち、実習も行い、調理士免許を修得。ここに、「調理士・星野博一」が誕生。

②大学生の時にビヤホールでホールのアルバイトを経験

大学一年生の時に一年間、父の紹介で有楽町の本格ビヤホール「ニュートーキョー」本店にてホールのアルバイトを経験し、ここで飲食店の接客、配膳をマスターしました。

③カクテル・スクールに通った経験

H社の大阪営業所在勤中に、毎週土曜日、サントリー本社のカクテル・スクールに二年間通ってました。講師は『カクテル全書』（ひかりのくに）の著者であり、大阪では有名なBAR「キー・ポイント」のオーナーの木村与三男氏。

このスクールは、本職のバーテンダーを目指す人たちのための教室であり、毎月一回、自作カクテルのコンクールがあります。私は、自分では努力しているつもりで、今度こそ上位にと思って挑戦していましたが、結果はいつも下位。やはりプロを目指す生徒たちは、味、色、香り、形、すべてが素晴らしいのです。しかし私にとっては楽しい一時でした。

　スクールに通っていた二年間は、ほとんど毎日カクテルを楽しんでいました。


当時、大阪では女性バーテンダーだけのスタンドバー「洋酒喫茶」が大流行していて、ここに行っては気楽に彼女らとカクテルの談義。私のカクテルに対する造詣の深さが受けて、女性バーテンダーと話が盛り上がり、モテモテ。休日のデートも楽しむこと多し。

また、大阪は雇われママのいるバーが多い。そういった店に入り浸ってバーテンダーになったつもりで、仲間にカクテルを振る舞い、悦に入っていました。そのまま店に泊まったり、徹夜麻雀をして楽しんだことも。また会社の寮では何回かカクテル・パーティを主催して喜ばれもしました。こうして、私は大阪生活を満喫していたのです。

◆セゾンプラザ「折づる亭」

五十五年六月にセゾンプラザにオープンした「ゆしま扇」新宿店を、「折づる亭」セゾン店に変身させました。「ゆしま扇」の右隣だった「柿安ダイニング」が撤退したので、ここも使っての出店としたため、創業以来の大型店になりました。

旧柿安ダイニングの店舗は、お座敷が四部屋で、これを打ち抜くと五十名様の宴会場に。そしてテーブル席は二十四席。寿司カウンター席が十席。ここに、テーブル席十六席と小上がり二十席の旧店舗を同じフロアーに取り込み、別館として合計百十席とゆしま扇の最大の店舗に。新宿三丁目の伊勢丹の横という好立地で、若い世代が多いため、リーズナブルな価格設定としました。

名物は「しゃぶジュジュ鍋」。この鍋は、私が原案の料理とその器を役員会議に提出。その器の原案に基づいて榎本石太郎社長が器を完成させ、料理については花柳寿しのぶ会長が創作料理を完成させました。これによって、日本式焼肉としゃぶしゃぶが同時に食べられる料理が出来上がり、「しゃぶジュジュ鍋」と命名して看板メニューに。「しゃぶジュジュ鍋」は特許も申請しました。同時に、飲食店部門を「株式会社ジュジュ扇」として独立した会社に。

店の第二のおすすめ料理は、温石懐石です。これは温石焼を中心とした懐石料理で、温石焼とは、肉や魚貝類、野菜を、岐阜の長良川でしか採れない丸石で焼き、それを酒盗ダレでいただく料理です。そのコース料理は、繊細な懐石料理と温石焼のミスマッチがおもしろく、全十四品のコースで五千五百円でした。

◆ゆしま扇湯島店、ミュージックパブ「マロニエ」

昭和五十五年十月、「ゆしま扇」湯島店再オープン。ミュージックパブクラブ「マロニエ」

再オープン。

◆竹の里てんてん亭

昭和五十七年十月、「竹の里てんてん亭」オープン。新宿副都心にある新宿NSビルの最上階、三十階に出店。面積一七四平方メートル、客席七十四席。月商目標千七百万円。

京都の竹林と大都会が合体した雰囲気で、店先に石塔が立ち、壁面には生竹が林立し、店内は砂利敷きで踏み石も置かれ、竹林の中にある和室がイメージされます。「てんてん料理」の野趣と、ミニ懐石膳の優雅さを提供する、ユニークなお店でした。

「てんてん亭」の名前と「てんてん料理」は、役員会で私がギリシャのサントリーニ島を旅行した折のエピソードが由来です。トルコ地方（サントリーニ島はトルコに近い）にはアフリカのガーナを原流とする「ティンティンガー」という串料理があり、これが美味しかったということを「ゆしま扇」の初代会長である花柳寿しのぶ氏に話したところ、大変興味を示し、そこから会長が創案した串会懐料理を「てんてん料理」と会長が命名。店名も「てんてん亭」に既決。

「てんてん料理」は、お通し、鰯のうす造り、生竹の茶わん蒸し、竹葉揚げ、素材を竹串で刺し、日本料理風に目の前で自分で揚げる「てんてん鍋」など、十六品の竹コースで三千八百円。「ミニ懐石膳」は、ミニチュアの器をお膳に乗せ、五の膳まである本格的懐石料理。小さな器は一つひとつが愛らしく繊細。料理はほんの一口ずつですが、全部食べ終えるとお腹も心も満たされます。竹コースで七千五百円。

支配人には、私とシズラージャパンで一緒だった小松田勝氏を招きました。彼は洋食だけでなく、日本料理も経験したいと当社に入社。慶應大学中退後、各飲食業を経て、シズラージャパンで店長業務を経験しました。

「竹の里てんてん亭」では、支配人としての職分をこなしながら、休憩時間を利用して、日本料理のマニュアルを作成。こうした熱心な態度を見込んで、スーパーバイザーを兼務してもらうことにしました。

当社退社後は、株式会社オリエンタルランドに入社し、東京ディズニーランドの食堂教育担当リーダー、品質管理事務室長を歴任。その後、サービス業の人材育成と経営コンサルタントの「ホテルアンドレストランインスティテュート株式会社」を設立。著書に『ディズニーランド「キャスト」育成ノウハウ』（経林書房）、『人の心に魔法をかけるディズニーランドの教え』（かんき出版）、『ディズニー式サービスの教え』（宝島社新書）その他多数あり。

◆折づる亭ＮＳビル店

昭和五十八年十一月、「ＮＳ折づる亭」オープン。「折づる亭」の二号店を、新宿ＮＳビルに出店。メインは懐石料理、しゃぶしゃぶ、にぎり寿司。

二三一平方メートルの広さで八十八席の大型店は、店頭に滝を作り、清水が流れる人工の川が掘られ、橋を渡ってのれんをくぐって、水の音をたよりに右を見ると、そこには鯉の泳ぐ池があります。左側には本格的なにぎり寿司が楽しめるすしバー。そして一番の特徴は、店内の左右に中二階造りの座敷があることで、どの座敷からも戸外を見ることができます。

左手の中二階には三～四名の座敷が三室。右手の中二階には四～六名の座敷が三室。その二階の下には、つい立てで区切られたテーブル席があります。

独得の雰囲気の「折づる亭」の料理には、三つの個性があります。

一つめが懐石料理。二つめが肉料理。しゃぶしゃぶと日本式焼肉が同時に楽しめる「しゃぶジュジュ鍋」は特許商品です。そして三つめが、割烹にぎり寿司です。また、ミニオンステーキ、舞御膳もリーズナブルです。

調理長は守屋泰祐氏の紹介で、弟子の高塚譲氏を迎えました。高塚氏は「調理師松和会」の若き師範であり、その料理は守屋氏から太鼓判を押されるほどでした。

彼は現在、笹巻すし本舗の「ゆしま扇」の総料理長として活躍しています。昨年五月、私は日本料理研究会のリモート展示会を拝見しましたが、高塚氏の新作料理はいつもながら素晴らしい出来でした。現在、調理師松和会副会長。

すしコーナーは、若きすし職人、関光男氏。彼は、繊細かつ優美な美しいにぎり寿司を作ります。鯛、赤貝、牛肉のたたき、アボガド、貝割れ、トマト、アンディーブ（チコリ）、マグロステーキのにぎり寿司は秀逸で、お客様から高い評価を得ていました。彼は現在、高級弁当製造販売の「株式会社雅（みやび）」の若き専務取締役総調理長として活躍しています。

◆第一回社員親睦海外旅行会

昭和六十二年二月、第一回海外旅行会で香港へ。三泊四日の社員親睦旅行。一班は十六名、二班は二十六名、合計四十二名。希望者は全員参加できました。

昭和六十二年七月、株式会社ジュジュ扇が、「週刊ホテルレストラン」を出版している株式会社オータパブリケイションズによる「日本の飲食業三百社」の二百九十八位に入る。同時に、「週刊ホテルレストラン」に、「てんてん亭」「セゾン折づる亭」「NS折づる亭」が紹介されました。

◆第二回社員親睦海外旅行会

昭和六十三年一月、第二回海外旅行会で韓国へ。三泊四日の社員親睦旅行。一班は十三名、二班は十三名、合計二十六名。

◆ニュー中華料理「シルキークレイン」

昭和六十三年三月、「ゆしま扇」を改装し、ニュー中華料理「シルキークレイン」をオープン。中華料理人の作る、日本式中華料理、ニュー中華料理を目指し、私の妻の叔父、浅田宏の経営する料理店「美松」の調理人の草田さんの義兄（中国人）鄭さんを招く。

ミュージックパブ「マロニエ」を改装オープン。調理長に草田さんを招く。

平成元年一月、第三回社員親睦海外旅行会でタイ・バンコクへ。三泊四日の社員親睦旅行。一班は十五名、二班は十六名、合計三十一名。

◆ゆしま扇とんぼ亭

平成元年九月、「ゆしま扇とんぼ亭」オープン。天ぷらの稲ぎくの「名代とんぼ」を譲り受け、当社・稲ぎく・仕入先の畜産会社の三社で提携して「ゆしま扇とんぼ亭」として新装開店オープンしました。

場所は、目黒にある東急電鉄本社のイメージスタジオ１０９（通称メグロキュー）の二階。店舗面積は七十三坪。お座敷は奥に十四名と八名が一室ずつ、右側に八名が三室。個室テーブルは四名が四室。カウンターが十席。合計七十二席。

大きな梁をメインとして、カウンター席を中心に、左手が座敷、右手がテーブル席。武家屋敷をイメージし、吹き抜けの天井は趣向を凝らした照明がモダンです。

安土桃山時代の家具や調度を生かした粋な造りで、古き良き時代の雰囲気を演出した店舗料理は、石焼きをメインにした会席料理。

舞御膳は目の前で揚げ物を調理します。

しゃぶジュジュコースは、扇名物特許の和風ステーキコース。

◆第四回社員親睦海外旅行会

平成二年二月、第四回海外旅行会でアメリカへ。サンフランシスコ、グランドキャニオン、ラスベガスに。一班は二十三名、二班は二十四名、合計四十七名。

平成二年九月、和装店「石楠花」オープン。

◆株式会社雅独立

平成三年四月、「株式会社雅」[*1]が独立する。

宮崎吉明専務が雅の代表取締役に就任。私も雅の取締役副社長に就任すると同時に、株式会社ムーンストーンの代表取締役に就任。

＊1株式会社雅：神田明神下「みやび」。昭和五十三年三月二十四日創業。江戸神田明神男坂下に佇む「神田明神下　みやび本店」。この地域は、江戸城内の料理を司ったところです。その歴史に鑑みて、「江戸の味　粋な弁当」の高級弁当を製造販売。日本橋三越本店、日本橋高島屋、大丸、他都内のほとんどのデパートに出店。また、ＪＲ各駅の東京みやげＫＩＯＳＫモール「ＨＡＮＡＧＡＴＡＹＡ」にも出店。

◆石の器料理

平成三年一月九日～九月三十日、韓国出張。ムーンストーンの石鍋料理のための、石鍋の製作に韓国に七回出張に行きました。

石の素材は、全羅北道にあるソバイク山でしか採掘されない角閃石です。角閃石は、その種類も多いのですが、鍋にできる硬質のものは限られています。

石の器は、大きいもので直径三二センチ、厚さ八・五センチ。その他大小、全部で十八種類。すべて仕様書を書いて発注しました。

【石の器料理「月の石焼鍋（すき焼き）」物語】

日本料理の「とんぼ亭」を改装し、石の器料理「とんぼ亭」を新規開店することになり、看板料理を何にするか……。

コンセプトは肉中心の料理。そして、鍋を使った料理。他の店にはない独特な料理。すき焼き、しゃぶしゃぶ、焼肉、和風ステーキ……。私は古今東西の料理に関する書物を読み、各地のすき焼き、その他鍋料理の食べ歩きを繰り返しました。しかし、試行錯誤の連続で、満足を得ない日が続きます。

そんな折、韓国に遊びに行く機会が訪れ、ソウルで私の目は石器に釘付け。「これだ！」と決断して、帰国後すぐに図面を作成し、仕様書を作りました。

その同時期に、画家、書家、陶芸家で美食家としても有名な北大路魯山人のすき焼きに関する記事に目がとまりました。

「牛肉は脂肪の旨みを楽しむもの。牛肉の脂肪は焼くことでその旨みを最大限に生かすことができる」

人間の味覚は、油脂状態では機能しません。牛肉の脂肪は、焼いて一四〇〜一七〇度にならないと液化しません。つまり、百度の熱湯では、肉本来の旨味は引き出せないということです。関西すき焼きも、最初はたしかに焼きます。しかし、肉と野菜の水分が出たあとは、「焼く」より「煮る」に近くなり、この状態では一四〇〜一七〇度にはなりません。

魯山人風すき焼きも、最初は関西すき焼きと同じように調理しますが、それを食べ終わったら、具材や割下を全部捨て、また最初から同じ作業を繰り返すのです。すべて食べ終わるまでに三、四回の繰り返しになるので、自分で調理しながら食するには大変な作業です。ですからどうしても仲居さんのサービスが必要となり、高価なすき焼きになってしまいます。

この魯山人風すき焼きを再現しているのが、大阪北新地にある「日本料理　湯木　新店」（湯木尚二オーナー）です。同店では紀州の湯浅醤油が作っている「魯山人醤油」を使用。魯山人のすき焼きコースは完全予約制です。

私は、すき焼きの日本一は、京都の寺町三条の「三嶋亭本店」ではないかと思っています。一回目の食べ方は、具材や割下の内容は異なりますが、魯山人風すき焼きと同じです。ただ、それ以降の食べ方は普通のすき焼きと同じです。仲居さんが付きっきりで世話をしてくれるので、魯山人風に、一回食べ終わったらすべて捨ててまた新たに作る食べ方をすることは可能だと思います。私はお願いしたことはありませんが……。何しろ高額なお店なので、お願いして追加料金を取られたら、と思うと切り出せませんでした。

さて、この美味しい魯山人風すき焼きをリーズナブルな価格で出せるでしょうか？　その結論として出来上がったのが、「月の石焼鍋（すき焼き）」です。

この料理は、直径三二センチの石の器で食します。器の中の真ん中の盛り上がった部分で肉を焼き、その周りが溝状になっているので、そこに割下を入れ、野菜その他を煮ます。焼いた肉汁が周りに流れ、他の具も美味しく食べられるというわけです。この独特な石鍋によって、魯山人すき焼きのように割下や具材を一回ごとにいちいち取り出さなくてよく、最後まで続けて食べられます。もし魯山人がこれを食したら、大満足に違いありません。

この石の器の料理については、料理専門誌で大いに取り上げられた他、「週刊読売」などの週刊誌や月刊誌、またガイドブックにも多数掲載されました。

石の器料理については、現在でも日本料理の傑作と自負していますので、できるだけ早く、「とんぼ亭」の原点と石の器料理の全容を書き、出版したく思っています。

◆石の器料理「とんぼ亭」

平成三年十一月、石の器料理「とんぼ亭」開店。

「ゆしま扇とんぼ亭」を改装して新たに石の器料理の店として開店。

武家屋敷をイメージした趣向を凝らした内装や、モダンな照明の吹き抜けの天井、安土桃山時代の家具や調度品を生かした古き良き時代の雰囲気はそのまま引き継ぎ、その一方で、石の器料理に合わせて、明治の文明開化時代のムードもプラスされました。

最大の改装は、リーズナブルな店にするために、右側の八名三室の座敷を六十四席のテーブル席に変更したことです。そして、奥の十四名と八名の座敷、テーブル席、カウンター席はそのままに、合計百二席の大型店になりました。

この石の器料理に魚貝類を加えた、紅辛月の石焼単品が二千八百円。コースが四千三百円。石の器「とんぼ亭」の看板メニューでした。

石鍋は韓国の業者に特注して、月の石鍋、紅辛石鍋、ステーキ石板等、全部で十八種類。

「石鍋は熱く焼けた石から放射される遠赤外線によって肉や魚貝類の風味をそこなわないで焼いたり、煮たりできる」

「鉄鍋に比べて保温効果が高いばかりか、余分な水分を吸収しますので、最後まで鍋の中はカラッとしています」

と小川女将の説明。

「とんぼ亭」の看板料理、月の石焼鍋魚貝コース四千三百円、単品二千八百円の中身をご紹介しますと、具材は牛肉五〇グラム、海老、蟹、タコ、イカ、白身魚、アサリ、野菜等七種類

（春菊、白菜、しめじ、えのき茸、長ねぎ、しらたき、豆腐）。これを、直径三二センチの月の石鍋の真ん中の盛り上がった部分で肉と魚貝類を焼き、周囲の溝になっている部分に割下を入れて野菜を煮ます。

タレは二種類あり、一番のおすすめは紅辛味噌。これは、京都の西京味噌とさくら味噌、仙台と中国の辛味噌、タイのグリーンチリ、トマトケチャップなど十調味料をブレンドし、そこに桃とリンゴを加えて一週間寝かせたものです。

コースは、これにサラダ、煮物、御飯かうどんが付きます。

もう一つの看板料理が、先にご紹介しました「月の石焼鍋（すき焼き）」です。魚貝類はなしで、牛肉は倍の百グラム。「とんぼ亭」の看板料理であり、かつ石の器料理の基本メニュー。

調理長は松本。女将は小川。

◆みやび（雅）、海外オーストラリアに進出

平成三年十一月、「雅」がＪＲ東海（東海旅客鉄道株式会社）と提携。

両者が提携して、オーストラリアに現地合弁会社「ジョイロット・ホスピタリーティ・ＰＴＹリミテッド」を設立。代表はＪＲ東海。シドニー事務所長は篠崎豊氏。

平成四年二月、私と「雅」の佐原部長が、オーストラリア出発。一号店の立地調査を行う。

出発前に、本件総責任者のＪＲ東海総合企画本部本部長、所沢氏に挨拶。

現地で、篠崎所長と、会談パートナーのニューサウスウエルズ州弁護士の林氏と会談。シドニーの新店舗「ＣＨＯ　ＣＨＯ　ＳＡＮ」の立地調査及び打合せ後、二人でオーストラリア南部パースにて市場調査。続いて、シンガポールの市場調査を実施し帰国。

平成四年八月、ＪＲ東海と提携した「ＣＨＯ　ＣＨＯ　ＳＡＮ」を開店。

店舗面積は一二〇平方メートル。場所は、シドニー市内の映画街といわれる商業エリアの真ん中で、マクドナルドとミスタードーナツの間に位置するタウンホールにありました。オフィス街やダーリングハーバーにも近い好立地。

日本式の店舗で、日本の寿司、弁当、おむすびをアレンジしたテイクアウト、イートインのお店です。

◆ムーンストン大手町店

平成四年五月、石の器「ムーンストン大手町店」オープン。場所は、ＪＡ（農協）ビル地下一階。

紅辛石焼膳及びコース。紅辛石鍋膳及びコース。石鍋しゃぶしゃぶ膳及びコース。石焼ステーキ膳及びコース。

料理の内容やタレは「とんぼ亭」とまったく同じ。

平成四年五月、石の器「ムーンストーン」がフランチャイズ展開を開始する。

パンフレットやニュースリリースを作成。また、「月刊近代食堂」（旭屋出版）の平成四年七月号に、石の器料理「ムーンストーン」がＦＣ展開を開始したことについてと、石の器料理、紅辛鍋、「とんぼ亭」の経営についての取材・宣伝をしてもらいました。

◆石の器料理ととんぼ亭の紹介記事

「とんぼ亭」の石の器料理はマスコミに大受けとなり、「週刊読売」「週刊現代」「月刊現代」などがいち早く取材に来ました。その他、「週刊ホテルレストラン」「日本外食新聞」などからも取材が相次ぎました。

平成四年三月十五日の「日本外食新聞」の一面に、ムーンストーン代表取締役である私、星野博一の紹介が載り、月の石焼鍋料理と「とんぼ亭」の料理について語っています。この時が、外食産業においての私の絶頂期でした。

以下は、月の石焼鍋や「とんぼ亭」について掲載された雑誌です。


「週刊読売」（平成二年七月十二日）――石焼辛味焼しゃぶの紹介。

「週刊ホテルレストラン」（平成二年七月十七日）――月の石焼鍋（すき焼き）とタレの紹介。

「週刊現代」（平成二年七月十八日）――店舗の全体紹介と、月の石焼鍋（すき焼き）の紹介。

「東京うまいもの屋　５００店」（週刊現代編集部）――グルメ石鍋活魚しゃぶの紹介。

「ＨＯＢＯ　ホーボー」（平成三年二月十五日）――月の石焼鍋魚介コースの紹介。

「日刊ゲンダイ」（平成四年二月十一日）――「サラリーマン・ドック」に私、星野博一が掲載される。

「日本外食新聞」（平成四年三月十五日）――「とんぼ亭」リニューアルオープンの紹介。

「月刊現代」（平成四年四月二十二日）――「とんぼ亭」全般の紹介。

「日刊ゲンダイ」（平成四年八月十日）――店紹介。

「Ｐｅａｃｈ」（平成四年九月）――紅辛石焼コースと、石焼ステーキランチの紹介。

「日本外食新聞」（平成四年九月五日）――「ムーンストーン大手町店」の全体紹介。

「週刊ホテルレストラン」（平成四年十一月六日）――店全体と石の器料理の紹介。

「月刊近代食堂」（平成四年十二月）――グルメ紅辛石鍋の紹介。

「月刊近代食堂」（平成五年二月）――魚貝月の石鍋の紹介。

「ＤＩＭＥ」（平成五年二月十八日）――魚貝石鍋コースの紹介。

「日刊スポーツ」（平成五年五月二十九日）――「とんぼ亭」の全体紹介と、「ムーンストーン大手町店」の紹介。

「週刊読売」（平成五年六月二十七日）――二ページを使っての、月の石焼鍋魚貝コースの紹介。

「週刊宝石」橋本秋子・特別二十二ページ――「ムーンストーン大手町店」と紅辛石焼の紹介。

◆「ムーンストーン」廃業

提携していた稲ぎくの倒産により、資金繰りに行き詰まり、廃業を決心。私は一切の責任を取り、株式会社ムーンストーンを廃業し、株式会社雅の副社長を退任して、会社を去ることになりました。

各社よりお誘いもありましたが、取引先、その他多くの方々にご迷惑をかけたので、飲食業から完全にリタイヤすることを決めました。

従業員たちには廃業に至る経緯を説明し、了承を求めましたが、全員から「自分たち各自が出資するので、営業を継続してもらいたい」と懇願されましたので、彼らに私の友人の、株式会社ハウハウスの西野社長を紹介しました。同社は、島津製作所や総務省の弁当の窓口を有する会社です。

ムーンストーンの商権について、西野、松本、菊地、星野の四人で何度か会談した結果、無事譲り受け、従業員一同で資金を出し合って会社設立となりました。

ここに「手造り屋　むつ味」創業。代表取締役は松本廣氏。品川区南大井に開店し、現在も盛業中です。

自営業時代

平成二年八月、「ファミリーマート・星野柴又一丁目店」のオーナーに就任。運営会社は有限会社クイーンマート。代表取締役は妻の星野泰子。

平成十一年四月、酒免許取得。平成十二年十一月、設立十年間改装リニューアルオープン。

平成十八年三月、同店舗を、取締役店長の西山さんに会社ごと譲渡。

私の終生計画より二年早かったのですが、これで就業生活に終止符を。

こうして自分の歴史を書きながら、H社を飛び出したのが良かったのか悪かったのか。しかし、夢を持って前に進んだのは、結果的には良かった。

自分の才覚で成績をあげられる小売業。その中でも特に外食産業はメチャクチャ面白いビジネス。

店舗に食材を届け、それを調理加工して、盛り付けてお客様の目の前に並べ、食べていただく。帰りぎわにお客様から、「美味しかった」や「また伺います」の一言をいただくことに、商売の嬉しさを感じました。

第十一幕

アイ・ハブ・ア・ドリーム

I have a dream.

私が社会人として一歩を踏み出した昭和三十八年（一九六三年）、職と自由を求め、人種差別の撤廃を訴えたワシントン大行進の際の、アメリカの黒人解放運動・公民権運動の指導者である、キング牧師の演説。

人生の後悔と満足

さまぐ〳〵の事おもひ出す桜かな　　芭蕉

桜の花は長い月日を待って、春、やっと咲きます。そして、咲いたかと思うと、すぐに散ってしまいます。昔から、そんな桜に人間の営みを重ねて、人は俳句を作ってきたのです。

私は思います。桜の花はその散り際に、後悔しないのだろうかと。

桜の花は、満開に咲くという務めを全うしたので満足なのでしょうか。

翻って、人間はどうでしょう。人間は、死ぬ前に後悔が一つもない人はいないのではないでしょうか。

私も長い道程を歩き、パッと咲き、パッと散った人生でした。

人生、長いようで短いと実感する今日この頃です。

私にも後悔はありますが、大筋では、自分の夢は実現できたので満足しています。そして、「満足できた」ということは、人間の人生において貴重なことだと思っています。

人はなぜ〝書く〟のか

人はなぜ、文章を書くのでしょうか。

その第一は、記録を残すためです。

自分史が今、ブームになりつつあります。社史や郷土史も増大しています。追悼本、遺稿集などなど、人間には書き残しておきたいことがあるのです。

第二は、自分の思いを広く知ってもらいたいということです。

この項目で多いのは、なんといっても詩集、歌集、句集の三つでしょう。自費出版業界では「自費出版の御三家」と言われています。本書もこれにあたります。

第三は、自分を知ってもらい、同志を増やすという目的です。

政治家、実業家、宗教家、医者、食料品販売や飲食店の経営者が本を書くのがこれにあたるでしょう。

自費出版は著者のロマン

自費出版とは、商業出版に対する言葉です。商業出版とは、出版社が企画を立て、それを元に著者がその企画にそって原稿を書き上げます。出版社が著者に原稿料を支払い（印税の場合も多い）、出版に際して著者が金銭的な負担することはありません。

一方、自費出版は、著者が自分の思いを自由に書きます。出版に必要なお金も著者が支払い、売れるか売れないかのリスクも著者が負います。けれど、著者が自由に書けるために、その人の心の底から沸き上がってきた思いをそのまま作品にできます。

ＩＳＢＮコード（国際標準図書番号）が付いている本ならば、自費出版本でも「取次店」[注1]を通して書店に置いてもらうことができます。また、著名な作家の本でなくても、誰の作品でも必ず一冊は国の「国立国会図書館」に献本されて永久保存されます。自分が死んだあとでもその書籍は生き永らえるのです。まさに壮大なロマンではありませんか？

（注1）取次店：出版社と書店を取り持つ仲介業。書籍や雑誌を出版社から仕入れて、書店に卸します。現在は百社ほどあり、その中で大手取次店は六社。上位二社の日本出版販売（日販）とトーハンが全体の七五％を扱っています。

俳句集団「百千鳥」の句集制作

私の所属している俳句集団「百千鳥」は、同人一同で句集を発刊しています。発刊は結成二年目から始まり、ほぼ毎年一回のペースで、現在も続いてます。また、私個人でも『俳句・俳文集　人生百歳』を発刊しました。

俳句集団「百千鳥」の句集は、誇れるものだと思います。巻では、句集をもらっても、一ページに六～七行の俳句が並んでいるだけで面白みがないというのが、一般の人々の意見です。しかし「百千鳥」の句集は、選者の吉田行魯さんの指導により、俳句だけでなく吟行、俳文、海外旅行記、随筆なども載っています。それに加え、歌仙も取り入れています。

『百千鳥　第一句集』平成二十四年二月発刊
『百千鳥　第二句集』平成二十五年三月発刊
『百千鳥　第三句集』平成二十六年八月発刊
『百千鳥　第四句集』平成二十七年五月発刊
『百千鳥　第五句集』平成二十八年七月発刊

『百千鳥　第六句集』平成二十九年八月発刊
『百千鳥　第七句集』平成三十年八月発刊
『百千鳥　第八句集』令和二年九月発刊

この句集は同人の手だけで、原稿作成・構成・印刷・製本までしています。しかし、作る冊数は多くありません。多く配れる人でも二十数部で、皆、自分の周りの限られた知人などに配るのが精一杯だからです。

先に述べたように、私も個人で俳句・俳文集を自主制作しましたが、知人に配って全部で三十部ほどを読んでもらって終わりでした。

自費出版時代の到来

私は、一般書店で誰もが購入できる自分の本を出版したく、無能無才の私ではありますが、身近な人の助けを借りて本書を書き上げました。あなたも俳句の本を出版しませんか？　本書が、その後押しとなれば幸いです。本書はあなたと共に、飯田蛇笏・龍太両氏の生家がある境川村の桃のような桃を収穫するために作った本です。

私は近年中に自費出版の大ブームが来ることを予感しています。「国民総自費出版時代」はもう近くに来ています。私も自分の主張を世間に問い、同意を呼びかけ、同時に、こうして自分の人生を書き残しました。パーキンソン病と闘いながら、残りわずかな人生をこの本の出版のために費やす覚悟を持ちながら……。

また、こうして自分の本を作ることは、子供たち、孫たち、まだ見ぬ子孫たちに語りかけることでもあります。

私は「やらないで後悔するより、やって後悔したい」と考えています。

私はこの本を書くことで、充実感も得られました。あなたにも私と同じ充実感を味わっていただけたらと願ってやみません。

第十二幕

私の俳文集

春暁

——母を悼む

私の母、幸子は令和元年（二〇一九）五月、百歳二ヵ月をもって永眠。
死去の前日、昼食まで車イスに坐して食事するなど、平生と変わらず、まったくの大往生なり。

母は新潟県佐渡郡河原田町（旧地名）にて生まれ、少女時代には〝河原田小町〟と称された美形なりしが、息子としての小生の自慢。

同じ佐渡市両津の星野藤一に嫁し、二男二女を設けるも、長女は十五歳にして白血病のため夭折。次女は十九歳にして心臓病により、これまた夭折せり。

その尋常でない嘆き悲しみを乗り越え、二人の娘の分まで生きんと覚悟した母の心情に、思ひを馳せる昨今なり。

合掌

母を悼む　春夏秋冬四句

こっくりと母春暁の黄泉路かな

母逝きし病院裏の松落葉

母の亡き佐渡へ行かむか盆近し

夕映えの由緒の墓地に紅葉散る

ふるさと佐渡紀行

令和元年（二〇一九）十月三十日から十一月二日までの三泊四日で、父母の墓参りを兼ねて佐渡を旅する。

まずは、新幹線で新潟へ。駅からタクシーで母方の従兄弟宅に行く。しばし懇談のあと、従兄弟の車で白山神社に詣で、「朱鷺メッセ」見学と買い物、古町・本町を案内される。

夕方、新潟港からジェットフォイルに乗船し、一時間後に佐渡の両津港に着く。

秋深し秘すれば花の佐渡島

一日目の宿は、加茂湖温泉「湖畔の宿　吉田家」。ベランダから観ると、夕日がまさに沈むところであり、湖面が赤く染まって何とも言えない郷愁を覚え、また在りし日の感慨に耽る。

翌朝、菩提寺の勝廣寺（しょうこうじ）で供養の読経をお願いし、そのあとは先祖の墓に詣でる。小学生の時に祖母が亡くなり、その葬儀の折、寺に泊まり、「火の玉が出る、出ない」で兄弟して騒いだ思い出が目に浮かぶ。それにしても立派なお寺である。ただ、道行く人はまばらで、過疎化は着実に進行しているようだ。

田舎寺撞かずの鐘や秋の暮

散紅葉オリオンのごと父母の墓

予約したレンタカーで、国仲平野を佐和田(さわた)方面に向かう。途中の金井にて右折して大佐渡スカイラインに入り、絶好の展望地である白雲台でしばし休息する。背後に金北山(きんぽくさん)が聳え、展望台からは、かつて住まいのあった佐和田の町と真野湾の広大な景観を眼下に一望できる。

秋澄むやあの稜線は国境

途中、観光客は滅多に行かない乙和池(おとわいけ)に寄る。池の中央には、我が国の高層湿原としては最大の浮島が今もって健在である。昔は小学校の遠足コースになっており、私の従兄弟が池の周りの樹から浮島に移ろうとして池にジャボンした場所だ。池は背筋が寒くなるほどの神秘的な雰囲気である。昔々、娘が池の主の蛇に魅せられて池に沈んだという伝説を思い出す。

さて、佐渡金山はひとまず素通りして、尖閣湾(せんかくわん)に向かう。崖を下りて海中透視船（グラスボート）に乗る。海中の透明度は高く、魚も十分見られる。海底には海草が大きくうねっていた。

ここから佐渡金山に引き返す。史跡佐渡金山では、宗太夫坑コースと道遊坑コースの二つを回った。外に出ると道遊の割戸が見える。昔、海から見ると、この山が光って見えていたが、それは露天掘りで山を切り裂くように金を採掘した名残らしい。江戸時代のゴールド・ラッシュにより、小さな漁村が一躍、幕府の財源を担う場所となった。

私の先祖は、慶長年間に大阪の湊で両替商を営んでいたが、このゴールド・ラッシュに便乗したのか、金百両に飛びついて佐渡に渡り、両津町夷で両替商になった。その時の証文を親父は後生大事に部屋に飾っていたが、今はどこかに紛れ込んでしまって見つからない。

親父は先祖代々の系図を調べ、自分を両替商の松本屋藤右衛門十四代と記した。すると私は十五代になるのか。と言っても引き継ぐ財産は皆無である。何の面白みもない。南無阿弥陀仏！

山茶花や風任せなるわが暮らし

子供の頃に、佐和田の海岸から真野湾の突端の「台ケ鼻」をよく見たが、その台ケ鼻のある七浦海岸に車を向ける。そのあとはいよいよ、疎開時に住んでいた河原田（現・佐和田）に入る。子供の頃に遊んだ懐かしい海岸に行くと、昔の面影はまったくなく、海岸からの台ケ鼻の二つ岩と灯台だけが当時の景観を遺していた。

次に、石田川脇の我が家のあった場所、さらに母の実家、母方の叔母の家などを見て回った。

鬼瓦構えし旧家花八手

本日の宿は「八幡館」。ここは皇室御用達の国際観光ホテルであり、二十年くらい前は高嶺の花だったが、今は他のホテルより少し高い程度だ。その分、設備は老朽化していて、サービスも低下。ただし、高い部屋は料理、設備、サービスも良いそうである。

秋晴を独り占めして露天風呂

宿の朝青磁の皿に山の芋

蹲踞に蒼き空あり秋惜しむ

翌日、清々しい朝を迎える。まず妙宣寺に向かい、重要文化財の五重塔を拝観する。次いで国分寺、国分寺跡、真野宮を巡り、「佐渡歴史伝説館」では等身大のロボットがリアルに解説するのを聞きながら佐渡の歴史を学ぶ。

付属の販売コーナーでは、佐渡ユリの球根を買った。いつもは曽我ひとみさんの夫、ジェンキンスさんがここで売り子をしている。「今日、私は休みます」との等身大のお顔写真があった。「真野では人気者、気軽に観光客と話していますよ」と係の人から伺った。

直江津航路の小木に着き、たらい舟に乗り湾内めぐりを楽しむ。漕ぎ方を教えてくれるが、なかなか難しい。たらい舟のあとは、以前に食した蕎麦屋にて蕎麦を食べる。田舎の長閑な景色に癒される。

次に、宿根木（しゅくねぎ）を目指す。ここは造船技術を家屋に応用した建物が見事である。狭い路地を挟んで民家が密集し、路地のカーブに添って三角形の家もある。公開されている「清九郎家」の内部は漆塗りの重厚な造りで、豊かな暮らしぶりが偲ばれる。

おけさ柿の産地で有名な羽茂（はもち）に着く。「柿はおけさ柿に限る」と佐渡人は公言しており、私も毎年、従姉がおけさ柿を送ってくれるので楽しみにしている。

続いて、寺泊（てらどまり）航路の赤泊（あかどまり）に至る（寺泊—赤泊航路は現在廃止）。清酒「北雪」で有名な北雪酒造の酒蔵を見学し、試飲して改めて旨さに納得し、吟醸酒を購入した。

おけさ柿黄金に光る没日かな

夕闇に帷を下ろす懸大根

新蕎麦や里の出で湯に雲なびく

最後に「トキの森公園」へ行く。係の人が。「雨が降り出したので、トキが窓近くでエサを啄んでいるので急いで行くように」とのことで、目の前でトキ三羽がエサを啄んでいるところに巡り合うことができた。

午後四時、両津港よりジェットフォイルに乗り込み、佐渡をあとにした。

チェンマイ追憶

タイへの旅は、今回で二十八回目となる。二十三回目以降は、これまでのリゾート地（パタヤ、ホアヒン、プーケット、サムイ等）から、チェンマイを中心としたタイ北部の探索が多くなった。それは、作家の永田玄氏の著書、『チェンマイに溺れる』（ダイヤモンド社）にある、「水着を捨てて北へ行け！」という主張に賛同した結果である。

永田氏は、「タイの深みは、北にある。北には生粋のタイ人が多く、本当のタイを味わえる。タイ第二の都市チェンマイには四季がある。十一月下旬から一月は最低気温が摂氏一〇度、昼は二十六度。その上、乾季。里山では落葉樹が多い。これらが、この地方の魅力に繋がっている」と述べている。

タイ北部は、北にビルマ、南にカンボジア、北東にラオスと国境を接する複雑さから、民族と文化の摩擦からくる古い歴史もある。タイ全土はこれまで西欧諸国の支配を受けたことはないが、タイ北部に限って言えば、三百年ほど前の一時期にビルマの支配下にあったという特異性もある。

また、私のこれまでの体験から言えば、北タイの魅力は人々のなんともいえぬ優しさにある。

おそらく、肥沃な土地での農作物の豊富さが、人々を食べることに困らせない故と思うが、四季折々の果物、各種の料理、麺や米などの旨さは確かに格別である。

今回の旅の同伴者は、「ローソンの仲間たちの会」で幹事役をした同じ年のS君。彼の希望もあり某年二月二十四日から三月五日の旅となった。なお、以下小文では、紙幅の関係から前半の四日間について取りまとめることとする。

涅槃会や人に優しきタイの民

二月二十四日（水）
バンコク経由でチェンマイに着く。常宿の「インペリアル・メーピン・ホテル」にチェックイン。このホテルはテレサ・テンが亡くなった場所として有名だ。それが影響しているのか、日本で予約すると高級ホテル料金だが、現地ではリーズナブルな価格で泊まれる。
夕食はK君希望の、タイ舞踏を鑑賞しながらゆったりとタイ料理を楽しめる「ファン・カー・チャオ」に決める。食後、店の奥と二階に陳列されている歴史ある工芸品を鑑賞した。
タイの民族舞踏を観るならば、プーケットの「プーケット・ファンタシー」が良い。広大な敷地に大レストラン、象の見世物、みやげ物屋などがあり、三千名収容できる大劇場には圧倒される。一時間十五分のショータイム。観客の大部分は外国人である。ただし、観光客用の劇場なので値段が高い。

チェンマイの舞踏に酔ひし朧かな

二月二十五日（木）

チェンマイは町全体が史跡や寺院仏閣、さらにホテルがひしめくように存在し、その隙間に人々が暮らしているようだ。本日は著名な寺院仏閣の数箇所を巡る予定である。

まず、チェンマイでは外せない「ワット・プラタート・ドイ・ステープ」という標高千八十メートルの山頂に建つ寺院（タイ語で寺院は「ワット」）に向かう。麓まで車で行き、そこから両側の蛇神に守られて長い参道階段を上る。朝影に金色に輝く仏塔の緻密な装飾の美しさが実に見事である。

寺からはチェンマイ市街を一望のもとに見渡せる。観光客でごった返すこの寺は、タイ北部の最も神聖な寺である。

春暁や一朶の雲と仏舎利塔

日本の仏舎利塔は白色が多いが、タイでは金色が多い。色といえば、タイには「曜日の色」がある。日曜日から赤、黄、ピンク、緑・黒（午前と午後で色が違う）、橙、青、紫。昔は朝、王宮に出仕する女性たちの服の色で国民はその日の曜日を知ったと言われる。今でも学校関係者や公務員などが、曜日の服を着ることがあるそうだ。故プミポン国王は月曜日生まれで黄色であった。

瞑想寺と言われる「ワット・ウモーン」は、チェンマイで私の一番好きな寺院である。チェンマイ大学の裏山の頂上付近に位置し、鬱蒼と茂る木々の中にひっそりと立つ。ウモーンとは「掘られたトンネル」を意味し、仏像はそのトンネルの中に安置されており、観光客もトンネルに入っていく。奥まで入ると霊気が立ち込め、自然と手を合わせたくなる。

帰り道、大きな池に遭遇する。そこには無数のナマズが泳いでおり、近所の人々が餌をやりに来る。ナマズに功徳を施すと長生きできるらしい。

石像の剥落わびし余寒かな

圧倒的に大規模、かつチェンマイで最もエレガントという「ワット・スアン・ドーク」に参拝する。ちなみに「スアン・ドーク」とは花園を意味する。一三八三年、クーナ王によって宮殿の庭に建てられた。見どころは、代々の王族の遺骨を納めたさまざまなスタイルの白亜のチェディ（仏塔）の林立である。

燭ゆらぐあの世この世の春の闇

最後に、一三四五年にプラ・ヨー王が建てた、境内もお堂も広壮でかつ最も格式の高い寺院である「ワット・プラ・シン」を訪ねる。建物内部にはプラ・シン仏と、古代の衣装や習慣を描いた壁画があり、これらすべてがタイ北部の伝統芸術の代表作と言われる。

黄水仙一輪挿しのタイの寺

タイのお寺を参拝する時に迷うのは、曜日ごとの仏像があることだ。あなたは何曜日生まれですか？　答えられますか？　タイ、ミャンマー、ラオス、カンボジアなどでは、誕生曜日を重要視し、仏教徒はそれぞれ自分の誕生曜日の仏像を拝むのだ。

寺巡りをひとまず終え、チェンマイのメー・レムにある野生蘭の宝庫へ向かう。ここが世界的に有名な、貴重な野生蘭が自生する地域である。

三、四十分ほどで到着すると、道端一帯で珍しい野生蘭を売っていた。中には採取禁止の蘭も少なくない。「売って大丈夫か?」と尋ねると、いずれも「マイペンライ（問題ないよ）」との答えが返ってくる。これぞタイだ。この大らかさに癒される。

蘭の不思議さは、他の花と違って花びらの形が非常に独特であることと、最も違うのはその生き方にあるようだ。

蘭の多くは地面に根を生やすのではなく、大きな木や石などにくっ付いて成長する。通常「寄生」は、木に根を張り栄養分を摂取するが、蘭はただくっ付くだけのようだ。

当地では、蘭がスルメの一夜干しのように紐に吊るされ、根には土がまったく付いていない。日本では見かけない情景であり、しばし見惚れる。

ここかしこ春蘭紐に吊られをり

ホテルに帰り、ひと風呂浴びて、夕方軽く一杯と、「カオソーイ」を食べに出かける。オープンカフェでシンハービールを飲み寛ぎ、カオソーイ屋に。

最近は日本でもカレー麺が定着しているが、カレーラーメンはあまり聞かない。カオソーイは、いうなればタイのカレーラーメンであり、一般に定着している。チェンマイがカオソーイの本場であり、ここに来て食べなければ来た甲斐がないと私は常々思っている。

食後、近隣を散策してホテルに戻り、夕食のルームサービスを頼む。部屋が宴会場に早変わりしたかのように盛り上がった。

S君の酒に付き合い、午後十一時頃に寝につく。

金雨花の下で酒酌むをとこ旅

金雨花は四月に満開となるタイの国花で、英名はゴールデン・シャワー。和訳で金雨花になり、『ハワイ歳時記』（元山玉萩著・絶版本）にも載っている。在タイ日本人も、この花の名を俳句や短歌に詠んでいるという。満開の時には、名前のとおり金の雨が降るように大樹に見事な黄色の花房を付ける。タイ名はラーチャプルックで「王様の樹」という意味だ。黄色の花房が決め手か。

二月二十六日（金）

本日は、「ジムカーナ・クラブ」にて二人でゴルフを楽しむ。ここは街中にあり、料金も安く、一人でもプレー可能だ。このゴルフクラブができたのは一八九八年。日本初のゴルフクラブよりも五年も早く設立されている。私の好きなゴルフ場の一つである。

タイ最古のこのゴルフ場で素晴らしいのは、クラブハウス前の胴回り一〇メートルという巨大なレインツリーである。また、コース内のその他の木々や花々にも癒される。

レインツリーの別名は、アメリカ合歓木（ねむのき）、モンキーポッド、サマンの木など。この木はマメ科ネムノキ属の常緑高木である。ハワイのモアナルア・ガーデンにあるモンキーポッドが有名で、日本でその存在が広く知られたのは、日立グループのテレビコマーシャル「この木何の木」の歌と共に流れた大木の映像、「日立の樹」の効果である。

歩を運ぶ下萌厚しジムカーナ

日本での噂では、タイではプレーヤー一人にキャディー、アンブレラガール、チェアガールが付き、大名行列みたいだということだったが、見た限りそのようはことはなく、これはタイ人も否定している。

この日のゴルフは十一時には十八ホールを終え、その後はテラスにて昼食。しばらくしてホテルに戻り、しばし休息をとった。

午後三時、日が少し陰ってから、今度は「ランナ・ゴルフコース」に出かける。二十七ホールのコースであり、大部分が競馬場のコースの中に入り込んでいる。要するに、競馬場コースの内側はすべてゴルフコースという仕立てになっているわけだ。

夕方になると雨が降り出し、スコール（豪雨）ではなくすぐにやむかと思ったが、K君とどちらから言うともなくプレーを切り上げた。

スコールかゴルフコースの草青む

今日の夕食はニマンへミン通りまで足を延ばす。この通りにはハイセンスなインテリアや小物の店が並んでいる。通りの中ほどに、目指す「ホンテオ・イン」がある。外観は洋風でモダンな造りだが、本格的なタイ料理店である。

この店の北側には高級住宅地が広がっており、それ故か、近辺のどの店もセンスが良い。ホンテオ・インでも、センスの良い器に素晴らしい盛り付けをしたものが出される。何をオーダーしても失敗はなく、特にガイヤーン（タイ風焼き鳥）、トートマンプラー（タイ風さつま揚げ）、パッタイ（タイ風焼きそば）が旨かった。

二月二十七日（土）

久々の競馬場に行く。チェンマイ唯一の競馬場は、毎週土曜日のみ開催される。

ホテルから車で北へ十五分のタイ陸軍駐屯地に隣接しており、十二時十五分前に到着。駐車場はまだ空きが多く、枝ぶりの良い木陰に車を駐めた。

入場料を払って会場に入る。レースの予想新聞を何種類も売っている。全部タイ語なので読めないが、とりあえず一番安い十五バーツ（一バーツ＝約三円）のものを購入。右側はＶＩＰ席、一般席は左側で木製シートが階段状になっており、すべて自由席。適当な場所に座る。

予想新聞はやはりチンプンカンプンなので、そこでまずはパドックへ。しかし、日本の馬とどことなく違い、迷いが生じて選べない。観客席に戻り、オッズ（賭け率または予想配当）をチェック。異国でのギャンブル故、まずは我流方式で、最初は一番人気を単勝で買った。

この競馬場のコースの広さは、千葉の中山競馬場の倍はありそうだ。その広いコースの遥か先がスタート地点で、人馬が豆粒のように見える。

観客席はゴール前かその前後にあるが、日本では立ち見の一等席のゴール前には観客がほとんどいない。観客たちは屋根のある日の当たらない場所で観戦しているのだ。スタート地点は、馬番も見えないくらいの遠さである。なぜコースの内側に観客がいないのかと不思議に思ってよく見ると、そこはすべてゴルフコースだった。その時初めて、昨日プレーしたコースなのだと気がついた。

余談だが、競馬場の隣の駐屯地は広大な敷地で、数百頭の馬が放牧されている。すべて軍馬として飼育されており、競馬場も軍関係の施設ということになる。軍隊が強力な国との印象だが、土曜日のレース開催が仏教行事と重なると、レースは日曜日に延期される。さすがの軍隊も寺院の権威には負けるわけで、まさしくタイは強大な仏教国なのだ。

さて、競馬の勝負の方は、一レースは五百バーツ買って千バーツに。二レースは千バーツ買って三千バーツに。三レースは迷った揚句の果てが、千バーツ分散して負け。四、五レースと休み、六レースは三千バーツ買って二千五百バーツということで、勝負には勝ったが戦果は芳しくなかった。まあ、大損するよりはいいか、と思った次第。

我が心うち見透かさる春一番

おおむね満足の気分で競馬場をあとにして、チェンマイの「サンカムペーン温泉」に向かう。市内からだと車で一時間ほどのようだ。

温泉に行くまでの街道はサンカムペーン通りといい、団体客を目的とした大規模なみやげ物屋が多い。外国人対象なので価格は高く、どの店も売り専門の職人技を見せている。これまでの旅行ではどこかの店に寄り買い物をしたが、今回は見学を決め込んでヒヤカシ客に徹する。

しばらくするとトンパオ村に至る。この村では、良質の手漉き紙が作られている。みやげ物屋は民家の軒先で、厚手の紙から薄手の紙まで揃い、質も高いので、日本から芸術家たちが買いに来るようだ。

さらに一キロほど行くと、ボーサーンという手作り傘の名産地があり、タイ全土から観光客がやってくる。日本の番傘に似ているが、大きさの種類が多くカラフルなデザインで、絵柄はすべて手描きである。また、お客の注文に応じたデザインで絵入れもしてくれる。

温泉地に近づくと、大きな陶器店がある。ここでは高級陶器から一般家庭用の陶器まで幅広く扱っている。奥の工房では職人が陶器を作っており、しばし見学する。タイには、このサンカムペーン窯のほかに、パヤオ窯、クメール陶器、カロン窯、サンカローク窯と古い窯元が多い。

陶器店から二十分くらいで温泉に到着する。ここには「サンカムペーン」と「ルン・アルン」という二つの温泉があるが、初めて旅行に来た時からの馴染みで、今回もサンカムペーン温泉と決め込む。

サンカムペーン温泉は、花と緑の美しい国立公園の中にある。入り口近くの売店で卵を買い、間欠泉の横の温泉槽で温泉卵を作って食べている人が多い。先に進むと温泉プールがあり、白人の観光客が多い。近くには入浴できるお風呂屋もある。

この温泉には、宿泊用のバンガローが十二棟ある。昼間もこのバンガローを借りられるので、いつも時間貸しで入浴に利用している。二時間単位になっているが、次の予約が入っていなければ四、五時間くらいは大目に見てくれる。いかにもタイらしい大らかさである。部屋にはベッド、化粧台、テレビがあり、浴槽は建物によって異なっていて、大きな浴槽も、すごく小さな浴槽もある。料金は浴槽の大小に関係なく同一料金である。これもタイらしい大らかさだ。ここでは貸タオル、貸水着、貸テントまである。

浴槽には、硫黄泉質の百五度の温泉が直接供給されるようになっている。湯元から直接引いているため、湯量豊富で香りが良い。パイプが太く、湯がすぐに溜まるので、五分も待たずに入浴できる。

麗かや湯の香のこもるバンガロー

本日の夕食は「ムーチュム」に決める。これは、日本でもすっかり定着した「タイスキ」の原点ではないかと思う。ムーチュムは、小さな素焼きの鍋に、豚のダシが効いたスープ、シーフード、肉類、野菜を入れ、そのままの味を堪能するか、店オリジナルの辛いタレで食べる。この料理は観光客用ではなく、本来庶民のものだそうだ。ほとんどの店はボロ屋だが、格安の値段で提供している。腹具合の悪い時に欠かせない食べ物である。

夕東風や見知らぬ魚の鍋料理

平成二十九年　入谷朝顔市の頃　擱筆

まとめ

1　「プレバド!!」は現代版「座の文芸」だ

テレビ番組「プレバド!!」はまさしく、「座の文芸」としての現代版である。夏井いつき先生は室町時代の宗祇、江戸時代の其角を彷彿させる。先生は大物タレントの作品も大胆に添削する一方、新人の作品も褒める。その丁丁発止のやり取りと、先生役と生徒役が共に作品を練り上げていく姿は「座の文芸」に違いない。

（注）飯尾宗祇は弟子としての宗匠を多数育てたが、同時に足利将軍や幕閣にも師としての尊敬を集めた。
宝井其角は蕉門十哲の筆頭者。数多くの宗匠を育てる。一方で大名・旗本の尊敬を集めた。

2　座の文芸は日本の伝統文化

座の文芸は日本独特の文芸であり、日本の伝統的な文芸です。それは、日本が世界に誇ることの出来る貴重な文化遺産であり、文芸であり今後とも大事にして守りたい。

その「座の文芸の流れ」を繙けば、歌仙・俳句は座の文芸の主流になることは間違いありません。そして、和歌は俳句の遠い先祖。日本最古の和歌集の『万葉集』は四千五百以上の歌を集めた、天皇から乞食まで採用された全国民参加の詩です。まさしく多人数により作成された文芸であり、後世の「連句就中歌仙」に通じるものです。

川柳は俳句の兄弟。叙情の一行詩と位置付けられています。そして、川柳には、座の文芸としては「笑い・穿ち・軽味」の三要素が考察されます。

3　病気と俳句・歌仙の関係

病気療養中、入院中の人々と俳句・歌仙には並々ならぬ関係があると、自身の病状をも考えて渾身の力を振り絞って書き上げました。

パーキンソン病、病気療養中の人々がこの結びつきにより、より良い生活を送る事を念じます。

4　俳句結社「ひつじ雲」

最後に全国パーキンソン病友の会の会報の「ひつじ雲」に西崎会長の後押しを頂き、俳句結社「ひつじ雲」を立ちあげたい。そして、ゆくゆくはＷＥＢ句会（現状ではＺｏｏｍ句会）を始めたい。この事は会場形式の句会を上回り、空間を超越することにより、遠隔地の人も、病気等により句会に参加出来ない人も参加出来る事になります。

あとがき

俳句は自己表現の文芸であり、他人に読んでもらってはじめて完成するものだと思います。俳句はチームスポーツにたとえることができるでしょう。練習は一人でできても、プレーや試合はメンバーが揃わないとできません。

全国には俳句結社が多数あります。その中で気に入った会が見つかったら、あなたも会員になってみてはいかがでしょう？

私は俳句集団「百千鳥」と、「白」俳句会、また短期間でしたが江戸川区俳句連盟の初心者教室でも楽しく俳句を学びました。それぞれの会に入会した経緯、内容については本文に詳しく記しましたので、ご参考になればと思います。

俳句修業は病を治す力になると確信しています。
また、俳句を学ぶことにより、世界観が変わります。
私は俳句を研鑽することにより〝芯〟ができました。
心の中には、飯田蛇笏・龍太両氏の生家がある山梨県境川村を流れる、笛吹川の清い流れのような感情が芽生えました。

そのような感情が、良き俳句作りの源泉になると思います。

パーキンソン病にかかり、七年目の今年、コロナウイルス禍の影響により、死を観念するほどに病状が悪化しました。

しかし、境涯俳人の心と子規の死生観を知り、私も境涯俳人たちに負けじと自分の生き様を詳細に生き生きと語ることにより、そこから見えたものがあります。

今まで気がつかなかったこと。それは、自分がいかに外食産業・小売業に力を入れて生きていたかということ。そして、それらを今でも素晴らしい職業だと思っていることです。ところが俳句においては、今までその分野に目を向けた句を作ったことはなかったのです。その事実に衝撃を受けました。

それと同時に、自分の人生の根底にある真実が見えてきました。その見えた〝根っこ〟を拡げるのが大事なことだと思います。

〝根っこ〟から発想が生まれ、桃の木のストーリーへ――。

この本を読まれることにより、桃の種があなたの庭に根を拡げることができます。そして、やがて「芽」が出ます。その芽を育てれば「幹」になります。そして、枝を拡げ「花芽」をつけます。その結果、春には花が咲き、夏から秋にかけて美味しい桃の実を収穫することができます。

是非、皆様に、花を咲かせて桃を収穫していただきたいのです。それは取りも直さず、あなたが俳人として一回り大きくなるということであり、前途洋々の俳句人生になるということです。私はそれを確信しています。

頑張りましょう！

最後に、本書を刊行するにあたり、俳句集団「百千鳥」の師匠格の行魯さんはじめ、同人の皆様、また「白」俳句会の加藤光樹代表はじめ、同人の皆様には、大変お世話になりました。心から感謝いたします。

また、執筆の途中の病状悪化で本書刊行を断念した折、身体の状態が良くなるまで待ちますと言ってくださった文芸社皆さんには、深甚の謝意を表する次第です。

そして最後の最後、病に落ち入り、パソコンを使うこともままならず、まともな文字も書けなくなった私を支えてくれた妻、泰子に感謝、感謝!!　本当にありがとう!!

「座の文芸座」楽屋にて

戎吾こと星野博一

参考文献

〈辞典・年鑑〉

『日本名句集成』編集／飯田龍太・大岡信ほか（學燈社）
『俳句人名辞典』常石英明（金園社）
『現代俳句大事典』監修／稲畑汀子・大岡信・鷹羽狩行（三省堂）
『新版　俳句用語辞典』監修／有馬朗人・金子兜太（飯塚書店）
「俳句年鑑　２０２１年版」（ＫＡＤＯＫＡＷＡ）

〈連句・歌仙〉

『歌仙の愉しみ』大岡信・岡野弘彦・丸谷才一（岩波新書）
『歌仙はすごい　――言葉がひらく「座」の世界』辻原登・永田和宏・長谷川櫂（中公新書）
『連句のすすめ』暉峻康隆・宇咲冬男（桐原書店）
『現代連句入門　併せて　俳諧新歳時記』中尾青宵（柴庵）
『芭蕉七部集』校注／中村俊定（岩波文庫）

〈句会・俳句〉

『俳句という遊び　――句会の空間』小林恭二（岩波新書）
『俳句という愉しみ　――句会の醍醐味』小林恭二（岩波新書）
『俳句　――四合目からの出発』阿部筲人（講談社）

『俳句のつくり方が面白いほどわかる本』金子兜太（中経の文庫）
『夏井いつきの超カンタン！　俳句塾』夏井いつき（世界文化社）
『今日から始める楽しい俳句入門』鴇田智哉（有楽出版社）
『実践！　すぐに詠める俳句入門』石寒太（日東書院）
〈境涯俳人〉
『山頭火、飄々　――流転の句と書の世界』村上護（二玄社）
『山頭火俳句集』編／夏石番矢（岩波文庫）
『グッとくる山頭火　――コトバと俳句』編／春陽堂編集部（春陽堂）
『山頭火の病蹟』人見一彦（せせらぎ出版）
『尾崎放哉全句集』編／村上護（ちくま文庫）
『放哉と山頭火　――死を生きる』渡辺利夫（ちくま文庫）
『尾崎放哉　――つぶやきが詩になるとき』編／河出書房新社（河出書房新社）
『こころザワつく放哉　――コトバと俳句』編／春陽堂編集部（春陽堂書店）
〈その他〉
『病窓歳時記　――俳句にみる病気とその周辺』清水貴久彦（まつお出版）
『一億人のための辞世の句』坪内稔典（展望社）
『岡田徹詩集』岡田徹（商業界）

著者プロフィール

星野　博一（ほしの　ひろかず）

俳号「戎吾」
昭和14年 6 月19日、大阪府豊中市大字南刀根山にて出生
昭和33年、都立豊多摩高校（旧制府立十三中）卒業
昭和38年、早稲田大学第一法学部卒業
昭和38年、日製産業株式会社（現在の株式会社日立ハイテク）に入社
昭和50年、ダイエーローソン株式会社に転職
昭和54年、シズラージャパンに転職
　　　　　株式会社ゆしま扇に相談役として就任
昭和55年、株式会社ゆしま扇常務取締役事業本部長に就任
平成 3 年、株式会社 雅取締役副社長
　　　　　株式会社ムーンストーン代表取締役に就任
平成 2 年、コンビニエンス「ファミリーマート星野柴又 1 丁目店」の
　　　　　オーナーに就任
平成18年、就業生活に終止符を打つ
平成19年、カルチャーセンターの俳句教室で学び始める
平成21年、俳句集団「百千鳥」を結成。百千鳥会長に就任
平成26年、「白」俳句会に入会
平成27年、パーキンソン病と診断される
現在、パーキンソン病友の会の「ひつじ雲」に俳句随筆を連載中
本書他、俳句関係書に執筆中

俳句修業とパーキンソン病

2023年 2 月15日　初版第 1 刷発行

著　者　星野 博一
発行者　瓜谷 綱延
発行所　株式会社文芸社
　　　　〒160-0022 東京都新宿区新宿1－10－1
　　　　　　　　　電話 03-5369-3060（代表）
　　　　　　　　　　　 03-5369-2299（販売）

印刷所　図書印刷株式会社

ISBN978-4-286-22502-9